李叔同◎著

心经修行课

过往不恋　将来不负

北京联合出版公司
Beijing United Publishing Co.,Ltd.

图书在版编目（CIP）数据

心经修行课：过往不恋 将来不负 / 李叔同著；—北京：北京联合出版公司，2014.11（2023.3 重印）

ISBN 978-7-5502-3489-5

Ⅰ.①心… Ⅱ.①李… Ⅲ.①中国文学—现代文学—作品综合集 Ⅳ.① I216.2

中国版本图书馆 CIP 数据核字 (2014) 第 197781 号

心经修行课：过往不恋 将来不负

作　　者：李叔同
出 品 人：赵红仕
责任编辑：王　巍
封面设计：王　鑫

北京联合出版公司出版
（北京市西城区德外大街83号楼9层 100088）
北京新华先锋出版科技有限公司发行
天津旭丰源印刷有限公司印刷　新华书店经销
字数100千字　620毫米×889毫米　1/16　14印张
2014年11月第1版　2023年3月第3次印刷
ISBN 978-7-5502-3489-5
定价：59.00元

出版说明

　　李叔同，幼名成蹊，取"桃李不言，下自成蹊"之意。谱名文涛，字息霜。祖籍浙江平湖，生于天津。著名音乐教育家、美术教育家、书画家、戏剧家，是中国话剧的开拓者之一。早年留学日本，回国后担任过教师、编辑之职，后剃度为僧，法名演音，号弘一、晚号晚晴老人，后被人尊称为弘一法师。

　　李叔同先生是"二十文章惊海内"的大师，集诗词书画、篆刻、音乐、戏剧、文学等造诣于一身，在多个领域开创中华文化艺术之先河。他是第一个在中国传播西方音乐的人，其创作的歌曲《送别》，历经几十年传唱经久不衰，成为经典名曲。李叔同先生的一生充满传奇色彩，他是我们时代里最有才华的几位天才之一，也是最奇特的一个人，他属于我们的时代，却又跳出我们的时代，最终走到红尘之外。

　　李叔同先生一生风雨历程。其品格、处世之道、为人之道、学习之道、人生态度等，皆具智慧的光芒。本书甄选了弘一大师的部分故事、佛学作品、文学作品，及其作者本人收录的一些国内外文学作品，提出自己对佛学、绘画、书法的认识，并提出相关的学习方法。涉及了国内外近现代社会的方方面面，全面系统地向读者讲述为人及生活的智慧。

　　另外，为了让读者更好地了解李叔同先生的人生轨迹、艺术特点以及文学创作历程，编者在序言、后记中收录了一些李叔同先生的名言，和与他的思想、生活较为相关的内容及他人对李叔同先生的研究评价，余者从略。

人生需要一种淡定，需要一份从容。将身心世界放下，以超然淡定的态度对待人生，享受一份淡然与洒脱。本书中李叔同先生的诗文词赋及其对佛学人生的描述犹如洗涤心灵的净化剂，帮助我们洗去浮世铅华，释放生命本真。我们需要这样一盏心灯，在尘事纷扰中寻一份恬适，享受洒脱自在的人生。另外，该书对专门研究李叔同先生思想的人而言是有价值、有意义的。

由于编者学识和种种条件的局限，内容疏漏和错误在所难免，蒙专家、学者和广大读者批评指正。

编选委员会

怀李叔同先生

丰子恺

距今二十九年前，我十七岁的时候，最初在杭州的浙江省立第一师范学校里见到李叔同先生，即后来的弘一法师。那时我是预科生，他是我们的音乐教师。我们上他的音乐课时，有一种特殊的感觉：严肃。

摇过预备铃，我们走向音乐教室，推进门去，先吃一惊：李先生早已端坐在讲台上。以为先生总要迟到而嘴里随便唱着、喊着或笑着、骂着而推进门去的同学，吃惊更是不小。他们的唱声、喊声、笑声、骂声以门槛为界限而忽然消灭。接着是低着头，红着脸，去端坐在自己的位子里。端坐在自己的位子里偷偷地仰起头来看看，看见李先生的高高的瘦削的上半身穿着整洁的黑布马褂，露出在讲桌上，宽广得可以走马的前额，细长的凤眼，隆正的鼻梁，形成威严的表情。扁平而阔的嘴唇两端常有深涡，显示和蔼的表情。这副相貌，用"温而厉"三个字来描写，大概差不多了。讲桌上放着点名簿、讲义，以及他的教课笔记簿、粉笔。钢琴衣解开着，琴盖开着，谱表摆着，琴头上又放着一只时表，闪闪的金光直射到我们的眼中。黑板（是上下两块可以推动的）上早已清楚地写好本课内所应写的东西（两块都写好，上块盖着下块，用下块时把上块推开）。在这样布置的讲台上，李先生端坐着。坐到上课铃响起（后来我们知道他这脾气，上音乐课必早到。故上课铃响时，同学早已到齐），他站起身来，深深地一鞠躬，课就开始了。这样上课，空气严肃得很。

有一个人上音乐课时不唱歌而看别的书，也有一个人上课时把痰吐在地板上，以为李先生看不见的，其实他都知道。但他不立刻责备，等到下课后，他用很轻很严肃的声音郑重地说：某某等一等出去。于是这位某某同学只得站着。等到别的同学都出去了，他又用轻而严肃的声音向这某某同学和气地说："下次上课时不要看别的书。"或者"下次痰不要吐在地板上。"说过之后他微微一鞠躬，表示你出去罢。出来的人大都脸上发红。又有一次下音乐课，最后出去的人无心把门一拉，碰得太重，发出很大的声音。他走了数十步之后，李先生走出门来，满面和气地叫他转来。等他到了，李先生又叫他进教室来。进了教室，李先生同样用轻且严肃的声音和气地说："下次走出教室，轻轻地关门。"说完对他一鞠躬，送他出门，自己轻轻地把门关了。

最不易忘却的，是有一次上弹琴课的时候。我们是师范生，每人都要学弹琴，全校有五六十架风琴及两架钢琴。风琴每室两架，给学生练习用；钢琴一架放在唱歌教室里，一架放在弹琴教室里。上弹琴课时，十数人为一组，环立在琴旁，看李先生范奏。有一次正在范奏的时候，有一个同学放一个屁，没有声音，却是很臭。钢琴及李先生十数同学全部沉浸在亚莫尼亚气体中。同学大都掩鼻或发出讨厌的声音。李先生眉头一皱，管自弹琴（我想他一定屏息着）。弹到后来，亚莫尼亚气散光了，他的眉头方才舒展。教完以后，下课铃响了。李先生立起来一鞠躬，表示散课。散课以后，同学还未出门，李先生又郑重地宣告："大家等一等，还有一句话。"大家又肃立了。李先生又用很轻而严肃的声音和气地说："以后放屁，到门外去，不要放在室内。"接着又一鞠躬，表示叫我们出去。同学都忍着笑，一出门来，大家快跑，跑到远处去大笑一顿。

李先生用这样的态度来教我们音乐，因此我们上音乐课时，觉得比上其他一切课更严肃。同时对于音乐教师李叔同先生，比对其他教师更敬仰。那时的学校，首重的是英、国、算，即英文、国文和算学。在别的学校里，这三门功课的教师最有权威；而在我们这师范学校里，音乐教师最有权威，因为他是李叔同先生的原故。

李叔同先生为什么能有这种权威呢？不仅因为他学问好，音乐好，更重要的是因为他态度认真。李先生一生最大的特点是认真。他对于一件事，不做则已，要做就非做得彻底不可。

李叔同先生出身于富裕之家，他的父亲是天津有名的银行家。他是第五位姨太太所生。他父亲生他时，年已七十二岁[1]。他坠地后就遭父丧，又逢家庭之变，青年时就陪了他的生母南迁上海。在上海南洋公学读书奉母时，他是一个翩翩公子。当时上海文坛有著名的沪学会，李先生应沪学会征文，名字屡列第一。从此他就为沪上名人所器重，而交游

---

[1]　此处应为丰子恺先生笔误，李叔同出生时，他的父亲年近六十八岁。

日广，终以才子驰名于当时的上海。后来先生的母亲逝世，他赴日本留学的时候，作一首《金缕曲》，词曰："披发佯狂走。莽中原，暮鸦啼彻，几株衰柳。破碎河山谁收拾？零落西风依旧。便惹得离人消瘦。行矣临流重太息，说相思刻骨双红豆。愁黯黯，浓于酒。漾情不断淞波溜。恨年年絮飘萍泊，遮难回首。二十文章惊海内，毕竟空谈何有！听匣底苍龙狂吼。长夜西风眠不得，度群生那惜心肝剖。是祖国，忍孤负？"读这首词，可想见他当时豪气满胸，爱国热情炽盛。他出家时把过去的照片统统送我，我曾在照片中看见过当时在上海的他：丝绒碗帽，正中缀一方白玉，曲襟背心，花缎袍子，后面挂着胖辫子，底下缀带扎脚管，双梁厚底鞋子，头抬得很高，英俊之气，流露于眉目间。真是当时上海一等的翩翩公子。这是最初表示他的特性：凡事认真。他立意要做翩翩公子，就彻底地做一个翩翩公子。

不为自己求安乐但愿众生得离苦大方广佛华严经

南山居士弘一书

李叔同书《严华经》

后来他到日本，看见明治维新的文化，就渴慕西洋文明。他立刻放弃了翩翩公子的态度，改做一个留学生。他入东京美术学校，同时又入音乐学校。这些学校都是模仿西洋的，所教的都是西洋画和西洋音乐。李先生在南洋公学时英文学得很好；到了日本，就买了许多西洋文学书。他出家时曾送我一部残缺的原本《莎士比亚全集》，他对我说："这书我从前细读过，有许多笔记在上面，虽然不全，也是纪念物。"由此可想见他在日本时，对于西洋艺术全面进攻，绘画、音乐、文学、戏剧都研究。后来他在日本创办春柳剧社，纠集留学同志，并出演当时西洋著名的悲剧《茶花女》（小仲马著）。他自己把腰束小，扮作茶花女，粉墨登场。这照片，他出家时也送给我，一向归我保藏；直到抗战时为兵火所毁。现在我还记得这照片：卷发，白的上衣，白的长裙拖着地面，腰身小到一把，两手举起托着后头，头向右歪侧，眉峰紧蹙，眼波斜睇，正是茶花女自伤命薄的神情。另外还有许多演剧的照片，不可胜记。这春柳剧社后来迁回中国，李先生就脱出，由另一班人去办，便是中国最初的话剧社。由此可以想见，李先生在日本时，是彻头彻尾的一个留学生。我见过他当时的照片：高帽子、硬领、硬袖、燕尾服、史的克、尖头皮鞋，加之长身、高鼻，没有脚的眼镜夹在鼻梁上，竟活像一个西洋人。这是第二次表示他的特性：凡事认真。学一样，像一样。要做留学生，就彻底地做一个留学生。

他回国后，在上海太平洋报社当编辑。不久，就被南京高等师范请去教图画、音乐。后来又应杭州师范之聘，同时兼任两个学校的课，每月中半个月住南京，半个月住杭州。两校都请助教，他不在时由助教代课。我就是杭州师范的学生。这时候，李先生已由留学生变为教师。这一变，变得真彻底：漂亮的洋装不穿了，却换上灰色粗布袍子、黑布马褂、布底鞋子。金丝边眼镜也换了黑的钢丝边眼镜。他是一个修养很深的美术家，所以对于仪表很讲究。虽然布衣，却很称身，常常整洁。他穿布衣，全无穷相，而且另具一种朴素的美。你可想见，他是扮过茶花女的，身材生得非常窈窕。穿了布衣，仍是一个美男子。淡妆浓抹总相宜，这诗句原是描写西子的，但拿来形容我们的李先生的仪表，也很适用。今人侈谈生活艺术化，大都好奇立异，非艺术的。李先生的服装，才真可称为生活的艺术化。他一时代的服装，表出着一时代的思想与生活。各时代的思想与生活迥然不同，各时代的服装也迥然不同。布衣布鞋的李先生，与洋装时代的李先生、曲襟背心时代的李先生，判若三人。这是第三次表示他的特性：认真。

我二年级时，图画归李先生教。他教我们木炭石膏模型写生。同学一向描惯临画，起初无从着手。四十余人中，竟没有一个人描得像样的。后来他范画给我们看。画毕把范画揭在黑板上。同学们大都看着黑板临摹。只有我和少数同学，依他的方法从石膏模型写生。我对于写生，从这时候开始发生兴味。我到此时，恍然大悟：那些粉本原是别人看了实物而写生出来的。我们也应该直接从实物写生入手，何必临摹他人，依样画葫芦呢？于是我的画进步起来。此后李先生与我接近的机会更多。因为我常去请他教画，又教日本文，以后的李先生的生活，我所知道的较为详细。他本来常读理性的书，后来忽然信了道教，案头常常放着道藏。那时我还是一个毛头青年，谈不到宗教。李先生除绘画的事宜外，并不对我谈道。但我发现他的生活日渐收敛起来，仿佛一个人就要动身赴远方时的模样。他常把自己不用的东西送给我。他的朋友日本画家大野隆德、河合新藏、三宅克己等到西湖来写生时，他带了我去请他们吃一次饭，以后就把这些日本人交给我，叫我引导他们（我当时已能讲普通应酬的日本话）。他自己就关起房门来研究道学。有一天，他决定入大慈山去断食，我有课事，不能陪去，由校工闻玉陪去。数日之后，我去望他。见他躺在床上，面容消瘦，但精神很好，对我讲话，同平时差不多。他断食共十七日，由闻玉扶起来，摄一个影，影片上端由闻玉题字"李息翁先生断食后之像，侍子闻玉题"。这照片后来制成明信片分送朋友。像的下面用铅字排印着："某年月日，入大慈山断食十七日，身心灵化，欢乐康强欣欣道人记"。李先生这时候已由教师一变而为道人了。

学道就断食十七日，也是他凡事认真的表示。

但他学道的时间很短。断食以后，不久他就学佛。他自己对我说，他的学佛是受马一浮先生指示的。出家前数日，他同我到西湖玉泉去看一位程中和先生。这程先生原来是当军人的，现在退伍，住在玉泉，正想出家为僧。李先生同他谈得很久。此后不久，我陪大野隆德到玉泉去投宿，看见一个和尚坐着，正是这位程先生。我想称他程先生，觉得不合。想称他法师，又不知道他的法名（后来知道是弘伞）。一时周章得很。我回去对李先生讲了，李先生告诉我，他不久也要出家为僧，就做弘伞的师弟。我愕然不知所对。过了几天，他果然辞职，要去出家。出家的前晚，他叫我和同学叶天瑞、李增庸三人到他的房间里，把房间里所有的东西送给我们三人。第二天，我们三人送他到虎跑寺。再去望他时，他已光着头皮，穿着僧衣，俨然一位清癯的法师了。我从此改口，称他为法师。法师的僧腊二十四年。这二十四年中，我颠沛流离，他一贯到底，而且修行功夫愈进愈深。当初修净土宗，后来又修律宗。律宗是讲究戒律的，一举一动，都有规律，严肃认真之极。这是佛门中最难修的一宗。数百年来，传统断绝，直到弘一法师一代方才复兴，所以佛门中称他为重兴南山律宗第十一代祖师。

弘一法师的生活非常认真。举一例说：有一次我寄一卷宣纸去，请弘一法师写佛号。宣纸多了些，他就来信问我，余多的宣纸如何处置？又有一次，我寄回件邮票去，多了几分。他把多的几分寄还我。以后我寄纸或邮票，就预先声明：余多的送与法师。有一次他到我家。我请他坐在藤椅子里。他把藤椅子轻轻摇动，然后慢慢地坐下去。起先我不敢问。后来看他每次都如此，我就启问。法师回答我说：这椅子里头，两根藤之间，也许有小虫伏着。突然坐下去，要把它们压死，所以先摇动一下，慢慢地坐下去，好让它们走避。读者听到这话，也许要笑。但这正是做人极度认真的表示。

如上所述，弘一法师由翩翩公子一变而为留学生，又变而为教师，三变而为道人，四变而为和尚。每做一种人，都做得十分像样。好比全能的优伶：起青衣像个青衣，起老生像个老生，起大面又像个大面，而这一切都是认真的原故。

现在弘一法师在福建泉州圆寂了。噩耗传到贵州遵义的时候，我正在束装，将迁居重庆。我发愿到重庆后替法师画像一百帧，分送各地信善，刻石供养。现在画像已经如愿了。我和李先生在世间的师徒尘缘已经结束，然而他的遗训、认真将永远铭刻在我心头。

目 录

第三辑　天心月圆

附录　李叔同别录

第一辑　慧海佛光

过往不恋
将来不负

佛法大意

　　我至贵地，可谓奇巧因缘。本拟住半月返厦。因变、住此，得与诸君相晤，甚可喜。

　　先略说佛法大意。

　　佛法以大菩提心为主。菩提心者，即是利益众生之心。故信佛法者，须常抱积极之大悲心，发救济一切众生之大愿，努力做利益众生之种种慈善事业。乃不愧为佛教徒之名称。

　　若专修净土法门者，尤应先发大菩提心。否则他人谓佛法是消极的、厌世的、送死的。若发此心者，自无此误会。

　　至于作慈善事业，尤要。既为佛教徒，即应努力做利益社会之种种事业。乃能令他人了解佛教是救世的、积极的。不起误会。

　　或疑经中常言空义，岂不与前说相反。

　　今案大菩提心，实具有悲智二义。悲者如前所说。智者不执着我相，故曰空也。即是以无我之伟大精神，而做种种之利生事业。

　　若解此意，而知常人执着我相而利益众生者，其能力薄、范围小、时不久、不彻底。若欲能力强、范围大、时间久、最彻底者，必须学习佛法，了解悲智之义，如是所做利生事业乃能十分圆满也。故知所谓空者，即是于常人所执着之我见，打破消灭，一扫而空。然后以无我之精神，努力切实做种种之事业。亦犹世间行事，先将不良之习惯等一一推翻，然后良好建设乃得实现也。

李叔同书"佛"

今能了解佛法之全系统及其真精神所在，则常人谓佛教是迷信是消极者，固可因此而知其不当。即谓佛教为世界一切宗教中最高尚之宗教，或谓佛法为世界一切哲学中最玄妙之哲学者，亦未为尽理。

不仅中国，现今如欧美诸国，正在热烈地研究及提倡。出版之佛教书籍及杂志等甚多。

故望已为佛教徒者，须彻底研究佛法之真理，而努力实行，俾不愧为佛教徒之名。其未信佛法者，亦宜虚心下气，尽力研究，然后于佛法再加以评论。此为余所希望者。

以上略说佛法大意毕。

又当地信士，因今日为菩萨诞，欲请解释南无观世音菩萨之义。兹以时间无多，惟略说之。

南无者，梵语。即皈依义。

菩萨者，梵语，为菩提萨埵之省文。菩提者觉，萨埵者众生。因菩萨以智上求佛法，以悲下化众生，故称为菩提萨埵。此以悲智二义解释，与前同也。

观世音者，为此菩萨之名。亦可以悲智二义分释。如《楞严经》云：由我观听十方圆明，故观音名遍十方界。约智言也。如《法华经》云：苦恼众生一心称名，菩萨即时观其音声，皆得解脱，以是名观世音。约悲言也。

（本文系弘一大师一九三八年七月十六日于漳州七宝寺所做讲演。）

注释：

弘一大师受漳州各方邀请，于一九三八年五月七日抵达漳州，四天之后，日寇即侵占厦门。弘一大师因此滞留于漳州弘法。

菩提：梵文音译，意为"觉""智"等，指对佛教真谛的觉悟，这是狭义的解释。若从广义上理解，则凡能断绝世间烦恼而成就"涅槃"之"智慧"，均可称作"菩提"。

空：佛教认为世间一切事物皆是虚幻不定的，世间一切现象都是刹那生灭的，即无质无体，假而不实，故谓之"空"。

菩萨诞：相传夏历二月十九日是观世音之生日，夏历六月十九日是其成道日。弘一大师此次讲演作于夏历六月十九日，实际上系观世音之成道日。

"南无"是佛教信徒一心皈依于佛的用语，除"皈依"之义外，还含有"致敬""归敬""归命"等义。

净土法门大意

今日在本寺演讲，适值念佛会期。故为说修净土宗者应注意的几项。

修净土宗者，第一须发大菩提心。无量寿经中所说三辈往生者，皆须发无上菩提之心。观无量寿佛经亦云，欲生彼国者，应发菩提心。

由是观之，惟求自利者，不能往生。因与佛心不相应，佛以大悲心为体故。

常人谓净土宗惟是送死法门。（临终乃有用）岂知净土宗以大菩提心为主。常应抱积极之大悲心，发救济众生之宏愿。

修净土宗者，应常常发代众生受苦心。愿以一肩负担一切众生，代其受苦。所谓一切众生者，非限一县一省，乃至全世界。若依佛经说，如此世界之形，更有不可说不可说许多之世界，有如此之多故。凡此一切世界之众生，所造种种恶业应受种种之苦，我愿以一人一肩之力完全负担。决不畏其多苦，请旁人分任。因最初发誓愿，决定愿以一人之力救护一切故。

譬如日，不以世界多故，多日出现。但一日出，悉能普照一切众生。今以一人之力，负担一切众生，亦如是。

李叔同作《净宗五祖少康大师》

以上但云以一人能救一切，是横说。若就竖说，所经之时间，非一日数日数月数年。乃经不可说不可说久远年代，尽于未来，决不厌倦。因我愿于三恶道中，以身为抵押品，赎出一切恶道众生。众生之罪未尽，我决不离恶道，誓愿代其受苦。故虽经过极长久之时间，亦决不起一念悔心，一念怯心，一念厌心。我应生十分大欢喜心，以一身承当此利生之事业也。已上讲应发大菩提心境。

至于读诵大乘，亦是观经所说。修净土法门者，固应诵《阿弥陀经》，常念佛名。然亦可以读诵普贤行愿品，回向往生。因经中最胜者，《华严经》。《华严经》之大旨，不出普贤行愿品第四十卷之外。此经中说，诵此普贤愿王者，能获种种利益，临命终时，此愿不离，引导往生极乐世界，乃至成佛。故修净土法门者，常读诵此普贤行愿品，最为适宜也。

至于作慈善事业，乃是人类所应为者。专修念佛之人，往往废弃世缘，懒做慈善事业，实有未可。因现生能做种种慈善事业，亦可为生西之资粮也。

就以上所说，劝大家应发大菩提心，否则他人将谓净土法门；复劝长读行愿品，可以助发增长大菩提心；作慈善事业尤要。

因既为佛徒，即应努力做利益社会种种之事业，乃若发心者，自无此能令他人了解佛教是救世、积极的。不起误会。讥评。

关于净土宗修持法，于诸书皆详载，无俟赘陈。故惟述应注意者数事，以备诸君参考。

（本文系弘一大师一九三二年于十一月在厦门妙释寺所讲。）

佛法十疑略释

欲挽救今日之世道人心，人皆知推崇佛法。但对于佛法而起之疑问，亦复不少。故学习佛法者，必先解释此种疑问，然后乃能着手学习。

以下所举十疑及解释，大半采取近人之说而叙述之，非是讲者之创论。所疑固不限此，今且举此十端耳。

一、佛法非迷信

近来知识分子，多批评佛法谓之迷信。

我辈详观各地寺庙，确有特别之习惯及通俗之仪式，又将神仙鬼怪等混入佛法之内，谓是佛法正宗。既有如此奇异之现象，也难怪他人谓佛法是迷信。

但佛法本来面目则不如此，决无崇拜神仙鬼怪等事。其仪式庄严，规矩整齐，实超出他种宗教之上。又佛法能破除世间一切迷信而与以正信，岂有佛法即是迷信之理。

故知他人谓佛法为迷信者，实有误会。倘能详察，自不至有此批评。

二、佛法非宗教

或有人疑佛法为一种宗教，此说不然。

佛法与宗教不同，近人著作中常言之，兹不详述。应知佛法实不在宗教范围之内也。

三、佛法非哲学

或有人疑佛法为一种哲学，此说不然。

哲学之要求，在求真理，以其理智所推测而得之某种条件即谓为真理。其结果，有一元、二元、唯心种种之说。甲以为理在此，乙以为理在彼，纷纭扰攘，相诽相谤。但彼等无论如何尽力推测，总不出于错觉一途。譬如盲人摸象，其生平未曾见象之形状，因其所摸得象之一部分，即谓是为象之全体。故或摸其尾便谓象如绳，或摸其背便谓象如床，或摸其胸便谓象如地。虽因所摸处不同而感觉互异，总而言之，皆是迷惑颠倒之见而已。

若佛法则不然，譬如明眼人能亲见全象，十分清楚，与前所谓盲人摸象者迥然不同。因佛法须亲证"真如"，了无所疑，决不同哲学家之虚妄测度也。

何谓"真如"之意义？真真实实，平等一如，无妄情，无偏执，离于意想分别，即是哲学家所欲了知之宇宙万有之真相及本体也。夫哲学家欲发明宇宙万有之真象及本体，其志诚为可嘉。第太无方法，致罔废心力而终不能达到耳。

以上所说之佛法非宗教及哲学，仅略举其大概。若欲详知者，有南京支那内学院出版之佛法非宗教非哲学一卷，可自详研，即能洞明其奥义也。

四、佛法非违背于科学

常人以为佛法重玄想，科学重实验，遂谓佛法违背于科学。此说不然。

近代科学家持实验主义者，有两种意义。

一是根据眼前之经验，彼如何即还彼如何，毫不加以玄想。

二是防经验不足恃，即用人力改进，以补通常经验之不足。

佛家之态度亦尔，彼之"戒""定""慧"三无漏学，皆是改进通常之经验。但科学之改进经验重在客观之物件，佛法之改进经验重在主观之心识。如人患目病，不良于视，科学只知多方移置其物以求一辨，佛法则努力医治其眼以求复明。两者虽同为实验，但在治标治本上有不同耳。

关于佛法与科学之比较，若欲详知者，乞阅上海开明书店代售之佛法与科学之比较研究。著者王小徐，曾留学英国，在理工专科上迭有发见，为世界学者所推重。近以其研究理工之方法，创立新理论解释佛学，因着此书也。

五、佛法非厌世

常人见学佛法者，多居住山林之中，与世人罕有往来，遂疑佛法为消极的、厌世的。此说不然。

学佛法者，固不应迷恋尘世以贪求荣华富贵，但亦决非是冷淡之厌世者。因学佛法之人皆须发"大菩提心"，以一般人之苦乐为苦乐，抱热心救世之弘愿，不唯非消极，乃是积极中之积极者。虽居住山林中，亦非贪享山林之清福，乃是勤修"戒""定""慧"三学以预备将来出山救世之资具耳。与世俗青年学子在学校读书为将来任事之准备者，甚相似。

由是可知谓佛法为消极厌世者，实属误会。

六、佛法非不宜于国家之兴盛

近来爱国之青年，信仰佛法者少。彼等谓佛法传自印度，而印度因此衰亡，遂疑佛法与爱国之行动相妨碍。此说不然。

佛法实能辅助国家，令其兴盛，未尝与爱国之行动相妨碍。印度古代有最信仰佛法之国王，如阿育王、戒日王等，以信佛故，而统一兴盛其国家。其后婆罗门等旧教复兴，佛法渐无势力，而印度国家乃随之衰亡，其明证也。

七、佛法非能灭种

常人见僧尼不婚不嫁，遂疑人人皆信佛法必致灭种。此说不然。

信佛法而出家者，乃为僧尼，此实极少之数。以外大多数之在家信佛法者，仍可婚嫁如常。佛法中之僧尼，与他教之牧师相似，非是信徒皆应为牧师也。

八、佛法非废弃慈善事业

常人见僧尼唯知弘扬佛法，而于建立大规模之学校、医院、善堂等利益社会之事未能努力，遂疑学佛法者废弃慈善事业。此说不然。

依佛经所载，布施有二种，一曰财施，二曰法施。出家之佛徒，以法施为主，故应多致力于弘扬佛法，而以余力提倡他种慈善事业。若在家之佛徒，则财施与法施并重，故在家居士多努力做种种慈善事业，近年以来各地所发起建立之佛教学校、慈儿院、医院、善堂、修桥、造凉亭乃至施米、施衣、施钱、施棺等事，皆时有所闻，但不如他教仗外国慈善家之财力所经营者规模阔大耳。

李叔同作《达摩造像》

九、佛法非是分利

近今经济学者，谓人人能生利，则人类

生活发达，乃可共用幸福。因专注重于生利。遂疑信仰佛法者，唯是分利而不生利，殊有害于人类，此说亦不免误会。

若在家人信仰佛法者，不碍于职业，士农工商皆可为之。此理易明，可毋庸议。若出家之僧尼，常人观之，似为极端分利而不生利之寄生虫。但僧尼亦何尝无事业，僧尼之事业即是弘法利生。倘能教化世人，增上道德，其间接直接有真实大利益于人群者正无量矣。

十、佛法非说空以灭人世

常人因佛经中说"五蕴皆空""无常苦空"等，因疑佛法只一味说空。若信佛法者多，将来人世必因之而消灭。此说不然。

大乘佛法，皆说空及不空两方面。虽有专说空时，其实亦含有不空之义。故须兼说空与不空两方面，其义乃为完足。

何谓空及不空。空者是无我，不空者是救世之事业。虽知无我，而能努力做救世之事业，故空而不空。虽努力做救世之事业，而决不执着有我，故不空而空。如是真实了解，乃能以无我之伟大精神，而做种种之事业无有障碍也。

又若能解此义，即知常人执着我相而作种种救世事业者，其能力薄，范围小，时间促，不彻底。若欲能力强，范围大，时间久，最彻底者，必须于佛法之空义十分了解，如是所做救世事业乃能圆满成就也。

故知所谓空者，即是于常人所执着之我见打破消灭，一扫而空，然后以无我之精神，努力切实做种种之事业。亦犹世间行事，先将不良之习惯等一一推翻，然后良好之建设乃得实现。

信能如此，若云牺牲，必定真能牺牲；若云救世，必定真能救世。

由是坚坚实实，勇猛精进而作去，乃可谓伟大，乃可谓彻底。

所以真正之佛法先须向空上立脚，而再向不空上作去。岂是一味说空而消灭人世耶！

以上所说之十疑及释义，多是采取近人之说而叙述其大意。诸君闻此，应可免除种种之误会。

若佛法中之真义，至为繁广，今未能详说。惟冀诸君从此以后，发心研究佛法，请购佛书，随时阅览，久之自可洞明其义。是为余所厚望焉。

（本文系弘一大师一九三八年十一月二十七日于福建安海金墩宗祠所做讲演。）

注释：

南京支那内学院：系我国近代著名佛学院之一，其主持者为佛学家欧阳竟无。

上海开明书店：中国近现代一著名书店，时业主为章锡琛，总编辑为夏丏尊。

对于当时居住于山林中之出家人，是否能勤修"戒""定""慧"，以预备将来出山救世之资具，李叔同在一九二七年春写给蔡元培等人的信中提出："对于服务社会之一派，应如何尽力提倡？此是新派；对于山林办道之一派，应如何尽力保护？此是旧派，但此振必不可废；对于既不能服务于社会又不能办道山林之一派应如何处置？对于应赴一派（即专作经忏者）应如何严加取缔？对于子孙之寺院（即出家剃发之处）应如何处置？对于受戒之时应如何严加限制？如是等种种问题，皆乞仁者仔细斟酌，妥为办理。俾佛门兴盛，佛法昌明，则幸甚矣！"

佛法学习初步

　　或谓高深教义，难解难行，非利根上智不能承受。若我辈常人欲学习佛法者，未知有何法门，能使人人易解，人人易行，毫无困难，速获实益耶？

　　案佛法宽广，有浅有深。故古代诸师，皆判"教相"以区别之。依唐圭峰禅师所撰华严原人论中，判立五教：

　　一、人天教；二、小乘教；三、大乘法相教；四、大乘破相教；五、一乘显性教。以此五教，分别浅深。若我辈常人易解易行者，唯有"人天教"也。其他四教，义理高深，甚难了解。即能了解，亦难实行。故欲普及社会，又可补助世法，以挽救世道人心，应以"人天教"最为合宜也。

　　人天教由何而立耶？

　　常人醉生梦死，谓富贵贫贱吉凶祸福皆由命定，不解因果报应。或有解因果报应者，亦唯知今生之现报而已。若如是者，现生有恶人富而善人贫，恶人寿而善人夭，恶人多子孙而善人绝嗣，是何故欤？因是佛为此辈人，说三世业报，善恶因果，即是人天教也。今就三世业报及善恶因果分为二章详述之。

一、三世业报

三世业报者，现报、生报、后报也。

一、现报：今生作善恶，今生受报。

二、生报：今生作善恶，次一生受报。

三、后报：今生作善恶，次二三生乃至未来多生受报。

由是而观，则恶人富、善人贫等，决不足怪。吾人唯应力行善业，即使今生不获良好之果报来生再来生等必能得之。万勿因行善而反遇逆境，遂妄谓行善无有果报也。

二、善恶因果

善恶因果者，恶业、善业、不动业此三者是其因，果报有六，即六道也。

恶业善业，其数甚多，约而言之，各有十种，如下所述。不动业者，即修习上品十善，复能深修禅定也。

今复举恶业、善业别述如下：

恶业有十种。

一、杀生；二、偷盗；三、邪淫；四、妄言；五、两舌；六、恶口；七、绮语；八、悭贪；九、嗔恚；十、邪见。造恶业者，因其造业重轻，而堕地狱、畜生、鬼道之中。受报既尽，幸生人中，犹有余报。今依华严经所载者，录之如下。若诸"论"中，尚列外境多种，今不别录。

一、杀生……短命、多病

二、偷盗……贫穷、其财不得自在

三、邪淫……妻不贞良、不得随意眷属

四、妄言……多被诽谤、为他所诳

五、两舌……眷属乖离、亲族弊恶

六、恶口……常闻恶声、言多诤讼

七、绮语……言无人受、语不明了

八、悭贪……心不知足、多欲无厌

九、嗔恚……常被他人求其长短、恒被于他之所恼害

十、邪见……生邪见家、其心谄曲

善业有十种。下列不杀生等，止恶即名为善。复依此而起十种行善，即救护生命等也。

一、不杀生：救护生命

二、不偷盗：给施资财

三、不邪淫：遵修梵行

四、不妄言：说诚实言

五、不两舌：和合彼此

六、不恶口：善言安慰

七、不绮语：作利益语

八、不悭贪：常怀舍心

九、不嗔恚：恒生慈悯

十、不邪见：正信因果

造善业者，因其造业轻重而生于阿修罗人道欲界天中。所感之余报，与上所列恶业之余报相反。如不杀生则长寿无病等类推可知。

由是观之，吾人欲得诸事顺遂，身心安乐之果报者，应先力修善业，以种善因。若唯一心求好果报，而决不肯种少许善因，是为大误。譬如农夫，欲得米谷，而不种田，人皆知其为愚也。故吾人欲诸事顺遂，身心安乐者，须努力培植善因。将来或迟或早，必得良好之果报。古人云："祸福无不自己求之者"，即是此意也。

以上所说，乃人天教之大义。

唯修人天教者，虽较易行，然报限人天，非是出世。故古今诸大善知识，尽力提倡《净土法门》，即前所说之佛法宗派大概中之《净土宗》。今无论习何教者，皆兼学此《净土法门》，即能获得最大之利益。

《净土法门》虽随宜判为"一乘圆教"，但深者见深，浅者见浅，即唯修人天教者亦可兼学，所谓"三根普被"也。

李叔同作《三世佛》

在此讲说三日已竟。以此功德，惟愿世界安宁，众生欢乐，佛日增辉，法轮常转。

（本文系弘一大师一九三八年十一月二十九日在安海金墩宗祠讲。）

般若波罗蜜多心经讲录

戊寅三月讲于温陵大开元寺

自今日始，讲三日，先说此次讲经之方法。心经虽仅二百余字，摄全部佛法。讲非数日，一二月，至少须一年。今讲三日，岂能尽。仅说简略大意，及用通俗的浅显讲法。（无深文奥义，不释名相，一解大科。）

效果

一、令粗解法者及未学法者，皆稍得利益。

二、又对常人（已信佛法）仅谓心经为空者，加以纠正。

三、又对常人（未信佛法）谓佛法为消极者，加以辨正。

（先经题，后经文。）

经题

般若波罗蜜多心经

前七字为别题，后一字为总题。

般若：梵语也，译为智慧。

```
┌ 常人之小智小慧 ┐
├ 学者之俗智俗慧 ┼ 非
├ 二乘之空智空慧 ┘
└ 照见五蕴皆空，能除一切苦，真实不虚之大智大慧。
```

```
        ┌ 小智慧  小聪明 ┬ 亦云有智慧，与佛法相远。
        │              │
        │          小巧 ┘
        │
        ├ 俗智慧  研学问，上等人甚好，亦云有智慧，但与佛法无涉。
        │
        └ 空智慧  小乘人。
```

波罗蜜多，译为到彼岸。（就一事之圆满成功言）

若以渡河为喻

动身处……………此岸

欲到处……………彼岸

以舟渡河竟………到彼岸

约法言之

↑此岸………轮回生死　须依般若舟，乃能渡到彼岸。

↓彼岸………圆满佛果　而离苦得乐。

心，有数释。一释心乃比喻之辞，即是般若波罗蜜多之心。

（心为一身之必要，此经为般若之精要。）

```
        ┌ 大般若经云：余经犹如枝叶，般若犹如树根。
        │
   引证 ┼ 又云：不学般若波罗蜜多，证得无上正等菩提，无有是处。
        │
        └ 又云：般若波罗蜜多能生诸佛，是诸佛母。
```

案般若部，于佛法中甚为重要。佛说法四十九年，说般若者二十二年。而所说《大般若经》六百卷，亦为藏经中最大之部。《心经》虽二百余字，能包六百卷大般若义，毫无遗漏，故曰心也。

经，梵语修多罗，此翻契经。契为契理契机。经谓贯穿摄化。

经者，织物之直线也。与横线之纬对。

此外尚有种种解释。

此经有数译（七译），今常诵者，为唐三藏法师玄奘所译。

已略释经题竟。于讲正文之前，先应注意者。

研习《心经》者最应注意不可着空见。因常人闻说空义，误以为着空之见。此乃大误，且极危险。经云：宁起有见如须弥山，不起空见如芥子许。因起有见者，著有而修善业，犹报在人天。若着空见者，拨无因果则直趣泥犁。故断不可着空见也。

若再进而言之，空见既不可着，有见亦非尽善。应（一）不著有，（二）亦不着空，乃为宜也。

（一）若着有者，执人我皆实有。既分人我，则有彼此。不能大公无私，不能有无我之伟大精神，故不可着有。须忘人我，乃能成就利生之大事业。

（二）若着空，如前所说拨无因果且不谈。即二乘人仅得空慧而着偏空者，亦不能作利生事业也。

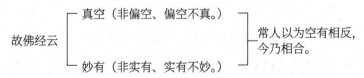

故佛经云　┌──真空（非偏空、偏空不真。）──┐
　　　　　└──妙有（非实有、实有不妙。）──┘
　　　　　　　　　　　　　　　　常人以为空有相反，今乃相合。

真空者，即有之空，虽不妨假说有人我，但不执着其相。

妙有者，即空之有，虽不执着其相，亦不妨假说有人我。

如是终日度生，实无所度。虽无所度，而又决非弃舍不为。若解此意，则常人所谓利益众生者，能力薄弱、范围小、时不久、不彻底。若欲能力不薄弱，范围大者，须学佛法。了解真空妙有之理，精进修行，如此乃能完成利生之大事业也。

或疑《心经》少说有，多说空者，因常人多着于有，对症下药，故多说空。虽说空，乃即有之空，是真空也。若见此真空，即真空不空。因有此空，将来做利生事业乃成十分圆满。

合前（三）非消极者，是积极，当可了然。世人之积极，不过积极于暂时，佛法乃永久。

般若法门具有空与不空二义，以无所得故已前之经文，皆从般若之空一方面说。依此空义，于常人所执着之妄见，打破消灭一扫而空，使破坏至于彻底。菩提萨埵已下，是从般若不空方面说，复依此不空义，而炽然上求佛法，下化众生，以完成其圆满之建设。

亦犹世间行事，先将不良之习惯等一一推翻，然后良好建设乃得实现也。世有谓佛法唯是消极者，皆由不知佛法之全系统，及其精神所在，故有此误解也。

今讲正文，讲时分科。今唯略举大科，不细分。

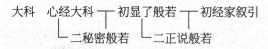

再就说法之由序言，此译本不详。按宋施护译本，先云：世尊在灵鹫山中入三摩提（三昧、译言正定等）。舍利子白观自在菩萨言。若有欲修学甚深般若法门者，当云何修学。而观自在菩萨遂说此经云云。

正文　观自在菩萨

菩萨　"菩提萨埵"之省文，是梵语。

┌ 菩提——觉…………以智上求佛法。
└ 萨埵——有情（即众生）…………以悲下化众生。

此外有多释。

行深般若波罗蜜多时

深 ┌ 浅……人空般若——二乘人入。（人空者、人体为五蕴之假和合、其中无有真实之我体）
　　└ 深……法空般若——菩萨入。（法空者、五蕴亦空、如后所明。）

照见五蕴皆空

五蕴，即旧译之五阴也。世间万法无尽。欲研高深哲理及正当人生观。应先于万法有整个之认识，有统一之概念。佛法既含有高深之哲理及正当人生观，应知亦尔。

此五蕴，即佛教用以总括世间万法者。故仅研五蕴，与研究一切万法无异。蕴者，蕴藏积聚也。五蕴亦称为五法聚，亦即五类之义。乃将一切精神物质之法归纳于此五类中也。

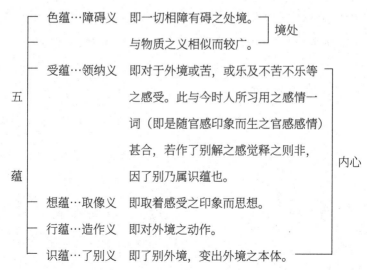

```
┌─ 由外境色·········而感着种种受        轮转
├─ 由种种受·········而引起种种想        生死
├─ 由种种想·········而发起种种行
├─ 由种种行·········而薰习内心之识        循环
└─ 由内心之识·······而变成外境之色        不绝
```

空，此空之真理及境界，须行深般若时，乃能亲见实证。

今且就可能之范围略说。

五蕴中最难了解其为空者，即色蕴。因有物质、有阻碍、似非空也。凡夫迷之，认为实有，起诸分别。其实乃空。且举二义。

（一）无常　若色真实不虚者，应常恒不变，但外境之色蕴，乃息息变动。山河大地因有沧海桑田之感，即我自身，今年去年，今月上月，今日昨日，所谓我者亦不相同。即我鼻中出入息，此一息我，非前一息我。后一息我，非此一息我。因于此一息中，我身已起无数变化。最显者，我全身之血，因此一呼吸遂变其性质成分，位置及工作也。

若进言之，匪惟一息有此变化，即刹那中亦悉尔也。

既常常变化，故知是空。

（二）所见不同　若色真实不空者，应何时何人所见悉同。但我等外境之色蕴，乃依时依人而异。

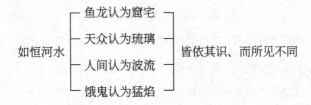

```
              ┌─ 鱼龙认为窟宅
              ├─ 天众认为琉璃
如恒河水      ┤                   皆依其识、而所见不同
              ├─ 人间认为波流
              └─ 饿鬼认为猛焰
```

故外境之色，唯是我识妄认，非有真实。

有如喜时，觉天地皆春。忧时，觉景物愁惨。于同一境中，一喜一忧所见各异。

既所见不同，故知是空。

上略举二义，未能详尽。

既知色空，其他无物质无阻碍之受想行识，谓为是空，可无疑矣。

照见者非肉眼所见，明见也。

度一切苦厄

苦，生死苦果。

厄，烦恼苦因。能厄缚众生。

此二皆由五蕴不空而起。由妄认五蕴不空，即生贪嗔痴等烦恼。由有烦恼，即种苦因，由种苦因，即有苦果。

度，若照见五蕴皆空，自能解脱一切苦厄。解脱者，超出也。

以上为结经家叙引，以下乃正说般若。皆观自在菩萨所说，故先呼舍利子名。

舍利子

是佛之大弟子，舍利此云百舌鸟，其母辩才聪利，以此鸟为名。舍利子又依母为名，故名舍利子。以上皆依法华玄赞释。

色不异空，空不异色；色即是空，空即是色

即前云五蕴皆空之真理，以五蕴与空对观，显明空义。

能知色不异空，无声色货利可贪，无五欲尘劳可恋。即出凡夫境界。

能知空不异色，不入二乘涅槃，而化度众生。即出二乘境界。如是乃菩萨之行也。

故应于不异与即是二义详研，不得仅观空之一边，乃善学般若者也。

不异——粗浅色与空互较不异。仍是二事。

即是——深密色与空相即。空依色、色依空、非空外色、非色外空。
乃是一事。

受想行识亦复如是

⎡ 受想行识不异空，空不异受想行识。
⎣ 受想行识即是空，空即是受想行识。

依上所云不异即是二者观之。五蕴乃根本空，彻底空。

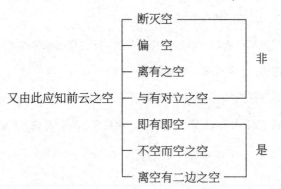

又由此应知前云之空

断灭空 ┐
偏 空 │
离有之空 │ 非
与有对立之空 ┘
即有即空 ┐
不空而空之空 │ 是
离空有二边之空 ┘

舍利子是诸法空相

诸法，前言五蕴，此言诸法，无有异也。

空相，此相字宜注意，上段说诸法空性，此处说诸法空相。所谓空
者，非是但空，是诸法之有上所显之空，是离空有二边之空。最宜注意。

不生不灭不垢不净不增不减

由此可知生死即涅槃，烦恼即菩提，众生即佛，而不厌离生死，怖畏烦恼，舍弃众生。乃能证不生等境界。如此乃是菩萨，乃是般若，乃是自在。

是故空中无色无受想行识无眼耳鼻舌身意无色声香味触法无眼界乃
至无意识界

以下广说五 —┌（一）空凡夫法（经文）是故空中无色（乃至）无意识界。

蕴皆空之义 —├（二）空二乘法（经文）无无明（乃至）无苦集灭道。

分为三段 —└（三）空大乘法（经文）无智亦无得以无所得故。

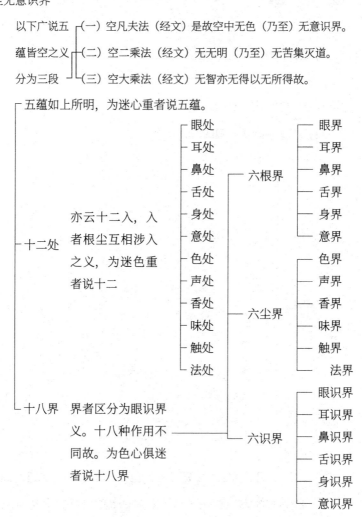

┌ 五蕴如上所明，为迷心重者说五蕴。

十二处　亦云十二入，入者根尘互相涉入之义，为迷色重者说十二

眼处　耳处　鼻处　舌处　身处　意处　六根界　眼界　耳界　鼻界　舌界　身界　意界

色处　声处　香处　味处　触处　法处　六尘界　色界　声界　香界　味界　触界　法界

十八界　界者区分为义。十八种作用不同故。为色心俱迷者说十八界　眼识界　六识界　眼识界　耳识界　鼻识界　舌识界　身识界　意识界

虽分三科，皆总括一切法而说。因学者根器不同，而开合有异耳。

蕴处界三科经文 ——┌── 是故空中无色，无受想行识。
　　　　　　　　　├── 无眼耳鼻舌身意，无色声香味触法。
　　　　　　　　　└── 无眼界乃至无意识界。

无无明亦无无明尽乃至无老死亦无老死尽　无苦集灭道

此乃空二乘法，上四句约缘觉言，下一句约声闻言。

缘觉者，常观十二因缘而悟道。

声闻者，（闻佛声教）观四谛而悟道。

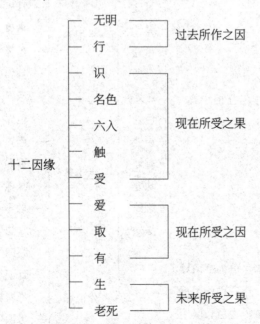

此十二因缘，乃说人生之生死苦果之起源及次序。藉流转还灭二门以显示世间及出世间法。流转者，无明乃至老死之世间法。还灭者，无明尽乃至老死尽之出世间法。

若行般若者，世间法空。故经云，无无明乃至无老死。出世间法亦空。故经云，无无明尽乃至无老死尽。

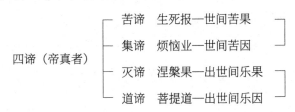

四谛（帝真者）
- 苦谛　生死报——世间苦果
- 集谛　烦恼业——世间苦因
- 灭谛　涅槃果——出世间乐果
- 道谛　菩提道——出世间乐因

亦分二门，前二流转，后二还灭。若行般若者，世间及出世间法皆空。故经云，无苦集灭道。

无智亦无得以无所得故

此乃空大乘法。

大乘菩萨求种种智，以期证得佛果。故超出声闻缘觉之境界。

但所谓智，所谓得，皆不应执着。所谓智者，用以破迷。迷时说有智，悟时即不待言，故云"无智"。所谓得者，乃对未得而言。既得之后，便知此事本来具足、在凡不减，在圣不增，亦无所谓得，故云"无得"。

以无所得故一句，证其空之所以。

以上经文中，无字甚多，亦应与前空字解释相同。乃即有之无，非寻常有无之无也。若常人观之，以为无所得，则实有一无所得在，即有一无所得可得。非真无所得也。若真无所得或亦即是有所得。观下文所云佛与菩萨所得可知。

菩提萨埵（乃至）三藐三菩提

菩提萨埵等　说菩萨乘依般若而得之益。

三世诸佛等　说佛乘依般若而得之益。

菩提萨埵依般若波罗蜜多故心无挂碍，无挂碍故无有恐怖，远离颠倒梦想究竟涅槃

菩提萨埵，即菩萨之具文。

三世诸佛依般若波罗蜜多故得阿耨多罗三藐三菩提

李叔同作《菩萨造像》

阿耨多罗者，无上也。

三藐三菩提者，正等正觉也。

故知般若波罗蜜多是大神咒是大明咒是无上咒是无等等咒能除一切苦真实不虚

咒者，秘密不可思议，功能殊胜。此经是经，而今又称为咒者，极言其神效之速也。

是大神咒者，称其能破烦恼，神妙难测。

是大明咒者，称其能破无明，照灭痴闇。

是无上咒者，称其令因行满，至理无加。

是无等等咒者，称其令果德圆，妙觉无等。

真实不虚者，约般若体。

能除一切苦者，约般若用。

故说般若波罗蜜多咒即说咒曰揭谛揭谛波罗揭谛波罗僧揭谛菩提萨婆诃

以上说显了般若竟，此说秘密般若。

般若之妙义妙用，前已说竟。尚有难于言说思想者，故续说之。

咒文依例不释。但当诵持，自获利益。

岁次戊寅二月十八日写讫。依前人撰述略录。

未及详审，所有误处，俟后改正。

演音记

切莫误解佛教

佛教传入中国，已有一千九百多年的历史，所以佛教与中国的关系非常密切。中国的文化、习俗，影响佛教，佛教也影响了中国文化习俗，佛教已成为我们自己的佛教。但佛教来于印度，印度的文化特色，有些是中国人所不易明了的，受了中国习俗的影响，有些是不合佛教的本意的，所以佛教在中国，信佛法的与不相信佛法的人，对于佛教，每每有些误会，不明佛教本来的意义，发生错误的见解，因此相信佛法的人，不能正确的信仰，批评佛教的人，也不会批评到佛教本身，我觉得信仰佛教或者怀疑评论佛教的人，对于佛教的误解应该先要除去，才能真正的认识佛教，现在先提出几种重要一点来说，希望大家能有正确的见解。

一、由于佛教教义而来的误解

佛法的道理很深，有的人不明白深义，只懂得表面文章，随便听了几个名词，就这么讲，那么说，结果不合佛教本来的意思。最普遍的，如"人生是苦""出世间""一切皆空"等名词，这些当然是佛说的，而且是佛教重要的理论，但一般人很少能正确了解它，现在分别来解说：

（一）"人生是苦"。佛指示我们，这个人生是苦的，不明白其中的真义的人，就生起错误的观念，觉得我们的人生毫无意思，因而引起消极悲观，对于人生应该怎样努力向上，就缺乏力量，这是被误解得最普遍的，社会一般每拿这消极悲观的名词，来批评佛教，而信仰佛教的，也每陷于消极悲观的错误，其实"人生是苦"这句话，决不是那样的意思。

凡是一种境界，我们接触的时候，生起一种不合自己意趣的感受，引起苦痛忧虑，如以这个意思来说苦，说人都是苦的，是不够的，为什么呢？因为人生也有很多快乐的事情，听到不悦耳的声音固然讨厌，可是听了美妙的音调，不就是欢喜吗！身体有病，家境困苦，亲人别离，当言是痛苦，然而身体健康，经济富裕，合家团圆，不是很快乐吗！无论什么事，苦乐都是相对的，假如遇到不如意的事，就说人生是苦，岂非偏见了。

那么，佛说人生是苦，这苦是什么意义呢？经上说："无常故苦。"一切都无常，都会变化，佛就以无常变化的意思说人生都是苦的。譬如身体健康并不永久，会慢慢衰老病死，有钱的也不能永远保有，有时候也会变穷，权位势力也不会持久，最后还是会失掉。以变化无常的情形看来，虽有喜乐，但不永久，没有彻底，当变化时，苦痛就来了。所以佛说人生是苦，苦是有缺陷，不永久，没有彻底的意思。学佛的人，如不了解真义，以为人生既不圆满彻底，就引起消极悲观的态度，这是不对的，真正懂得佛法的，看法就完全不同，要知道佛说人生是苦这句话，是要我们知道现在这人生是不彻底，不永久的，知道以后可以造就一个永久圆满的人生。等于病人，必须先知道有病，才肯请医生诊治，病才会除去，身体就恢复健康一样。为什么人生不彻底不永久而有苦痛呢？一定有苦痛的原因存在，知道了苦的原因，就会尽力把苦因消除，然后才可得到彻底圆满的安乐。所以佛不单单说人生是苦，还说苦有苦因，把苦因除了就可得到究竟安乐。学佛的应照佛所指示的方法去修学，把这不彻底不圆满的人生改变过来，成为一个究竟圆满的人生。这个境界，佛法叫做常乐我净。

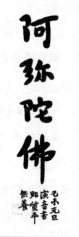

李叔同书
"阿弥陀佛"

常是永久，乐是安乐，我是自由自在，净是纯洁清净。四个字合起来，就是永久的安乐，永久的自由，永久的纯洁，佛教最大的目标，不单说破人生是苦，而是主要的在于将这苦的人生改变过来，（佛法名为"转依"）造成为永久安乐、自由自在、纯洁清净的人生。指示我们苦的原因在哪里，怎样向这个目标努力去修持。常乐我净的境地，即是绝对的最有希望的理想境界是我们人人都可达到的。这样怎能说佛教是消极悲观呢。

虽然，学佛的不一定人人都能够达到这顶点的境界，但知道了这个道理，真是好处无边。如一般人在困苦的时候，还知努力为善，等到富有起来，一切都忘记，只顾自己享福，糊糊涂涂走向错路。学佛的，不只在困苦时知道努力向上，就是享乐时也随时留心，因为快乐不是永久可靠，不好好向善努力，很快会堕落失败的。人生是苦，可以警觉我们不至于专门研究享受而走向错误的路，这也是佛说人生是苦的一项重要意义。

（二）"出世"。佛法说有世间，出世间，可是很多人误会了，以为世间就是我们住的那个世界，出世间就是到另外什么地方去，这是错了，我们每个人在这个世界，就是出了家也在这个世界。得道的阿罗汉、菩萨、佛都是出世间的圣人，但都是在这个世界救渡我们，可见出世间的意思，并不是跑到另外一个地方去。

那么佛教所说的世间与出世间是什么意思呢？依中国向来所说，"世"有时间性的意思，如三十年为一世，西洋也有这个意思，叫一百年为一世纪。所以世的意思就是有时间性的，从过去到现在，现在到未来，在这一时间之内的叫"世间"。佛法也如此，可变化的叫世，在时间之中，从过去到现在，现在到未来，有到没有，好到坏，都是一直变化，变化中的一切，都叫世间，还有，世是蒙蔽的意思，一般人不明过去，现在，未来三世的因果，不知道从什么地方来，要怎样做人，死了要到哪里去，不知道人生的意义，宇宙的本性，糊糊涂涂在这三世因果当中，这就叫做"世间"。

怎样才叫出世呢？出是超过或胜过的意思，能修行佛法，有智慧，通达宇宙人生的真理，心里清净，没有烦恼，体验永恒真理就叫"出世"。佛、菩萨都是在这个世界，但他们都是以无比的智慧通达真理，心里清净，不像普通人一样。所以出世间这个名辞，是要我们修学佛法的，进一步能做到人上之人，从凡夫做到圣人，并不是叫我们跑到另外一个世界去。不了解佛法出世的意义的人，误会佛教是逃避现实，因而引起不正当的批评。

（三）"一切皆空"。佛说一切皆空，有些人误会了，以为这样也空，那样也空，什么都空，什么都没有，横竖是没有，无意义，这才坏事干，好事也不做，糊糊涂涂地看破一点，生活下去就好了。其实佛法之中空的意义，是有着最高的哲理，诸佛菩萨就是悟到空的真理者。空并不是什么都没有，反而是样样都有，世界是世界，人生是人生，苦是苦，乐是乐，一切都是现成的，佛法之中，明显的说到有邪有正有善，有恶有因有果，要弃邪归正，离恶向善，作善得善果，修行成佛。如果说什么都没有，那我们何必要学佛呢？既然因果，善恶，凡夫圣人样样都有，佛为什么说一切皆空？空是什么意义呢？因缘和合而成，没有实在的不变体，叫空。邪正善恶人生，这一切都不是一成不变实在的东西，皆是依因缘的关系才有的，因为是从因缘而产生，所以依因缘的转化而转化，没有实体所以叫空。举一个事实来说吧，譬如一个人对着一面镜子，就会有一个影子在镜里，怎会有那个影子呢？有镜有人还要借太阳或灯光才能看出影子，缺少一样便不成，所以影子是种种条件产生的，这不是一件实在的物体，虽然不是实体，但所看到的影子，是清清楚楚并非没有。一切皆空，就是依这个因缘所生的意义而说的，所以佛说一切皆空，同时即说一切因缘皆有，不但要体悟一切皆空，还要知道有因有果，有善有恶。学佛的，要从离恶行善，转迷启悟的学程中去证得空性，即空即有，二谛圆融：一般人以为佛法说空，等于什么都没有，是消极是悲观，这都是由于不了解佛法所引起的误会，非彻底纠正过来不可。

二、由于佛教制度而来的误解

佛教是从印度传来的，制度方面有一点不同。我国旧有的地方，例如出家与素食，不明了，一不习惯的人，对此引起许许多多的误会。

（一）"出家"。出家为印度佛教的制度，我国社会，特别是儒家对他误解最大，在国内，每听人说，大家学佛，世界上的人都没有了，为什么呢？大家都出家了。没有夫妇儿女，还成什么社会？这是严重的误会，我常比喻说：如果教师教导学生都去当教员，那么学校会成为教员的世界吗？这点在菲岛，不大会引起误会的，因为到处看得到的神父、修女，他们也是出家，但只是天主教徒中的少部分，并非信天主教的人，人人要当神父、修女。学佛的有出家弟子，有在家弟子，出家可以学佛，在家也可以学佛，出家可以修行了生死，在家也同样可以修行了生死，并不是学佛的人一定都要出家，决不因大家学佛，就会毁灭人类社会。不过出家与在家，既然都可以修行了生死，为什么还要出家呢？因为要弘扬佛教，推动佛教，必须有少数人主持佛教。主持的顶好是出家人，既没有家庭负担，又不做其他种种工作，可以一心一意修行，一心一意弘扬佛法。佛教要存在这个世界，一定要有这种人来推动他，所以从来就有此出家的制度。

出家功德大吗？当然大，可是不能出家的，不必勉强，勉强出家有时不能如法，还不如在家，爬得高的，跌得更重，出家功德高大，但一不当心，堕落得更厉害，要能真切发心，勤苦修行为佛教牺牲自己，努力弘扬佛法，才不愧为出家。出家人是佛教中的核心分子，是推动佛教的主体，不婚嫁，西洋宗教也有这样的制度。有许多科学家、哲学家，为了学业，守独身主义，不为家庭琐事所累，而去为科学，哲学努力。佛教出家制，也就是摆脱世界欲累，而专心一意的为佛法。所以出家是大丈夫的事，要特别的勤苦，如随便出家，出家而不为出家事，那非但

过往不恋
将来不负

李叔同作《观音造像》

没有利益，反而有碍佛教，有的人，一学佛教想出家，似乎学佛非出家不可，不但自己误会了，也把其他人都吓住而不敢来学佛。这种思想——学佛就要出家，要不得，应认识出家不易，先做一良好在家居士为法修学，自利利他。如真能发大心，修出家行，献身佛教，再来出家，这样自己既稳当，对社会也不会发生不良影响。

与出家有关，附带说到两点，有的人看到佛寺广大庄严，清净幽美，于是羡慕出家人，以为出家人住在里面，有施主来供养，无须做工，坐享清福，如流传的"日高三丈犹未起""不及僧家半日闲"之类，就是此种谬说，不知道出家人有出家人的事情要勇猛精进，自己修行时"初夜后夜，精勤佛道"。对信徒说法，应该四处游化，出去宣扬真理，过着清苦的生活，为众生为佛教而努力，自利利他，非常难得，所为僧宝，哪里是什么事都不做，坐享现成，坐等施主们来供养，这大概是出家者多，能尽出家人责任者少，所以社会有此误会吧！

有些反对佛教的人，说出家人什么都不做，为寄生社会的消费者，好像一点用处都没有。不知人不一定要从事农、工、商的工作，当教员、新闻记者，以及其他自由职业，也能说是消费者吗？出家人不是没有事做，过着清苦生活而且勇猛精进，所做的事，除自利而外，导人向善，重德行，修持，使信众的人格一天一天提高，能修行了生死，使人生世界得到大利益，怎能说是不做事的寄生者呢？出家人是宗教师，可说是广义而崇高的教育工作者，所以不懂佛法的人说，出家人清闲，或说出家人寄生消费，都不对。真正出家并不如此应该并不清闲而繁忙，不是消耗而能报施主之恩。

（二）"吃素"。我们中国佛教徒，特别重视素食，所以学佛的人，每以为学佛就要吃素还不能断肉食的，就会说：看看日本、锡兰（今斯里兰卡）、缅甸、泰国，或者再看看我国的西藏、内蒙古，不要说在家信徒，连出家人也都是肉食的，你能说他们不学佛，不是佛教徒吗？不要误会学佛就得吃素，不能吃素就不能学佛，学佛与吃素并不是完全一致的，一般人看到有些学佛的，没有学到什么，只学会吃素，家庭里的父母兄弟儿女感觉讨厌，以为素食太麻烦，其实学佛的人，应该这样，学佛后，先要了解佛教的道理，在家庭社会，依照佛理做去，使自己的德行好，心里清净，使家庭中其他的人，觉得你在没学佛以前贪心大，嗔心很重，缺乏责任心与慈爱心，学佛后一切都变了，贪心淡，嗔恚薄，对人慈爱，做事更负责，使人觉得学佛在家庭社会上的好处，那时候要素食，家里的人不但不反对，反而生起同情心，渐渐跟你学，如一学佛就学吃素，不学别的，一定会发生障碍，引起讥嫌。

虽然学佛的人，不一定吃素，但吃素确是中国佛教良好的德行，值得提倡，佛教说素食可以养慈悲心，不忍杀害众生的命，不忍吃动物的血肉。不但减少杀生业障，而且对人类苦痛的同情心会增长。大乘佛法特别提倡素食，说素食对长养慈悲心有很大的功德。所以吃素而不能长养慈悲心，只是消极的戒杀，那还近于小乘呢！

以世间法来说，素食的利益极大，较经济，营养价值也高，可以减少病痛，现在世界上，有国际素食会的组织，无论何人，凡是喜欢素食都可以参加，可见素食是件好事，学佛的人更应该提倡，但必须注意的，就是不要把学佛的标准提得太高，认为学佛就非吃素不可。遇到学佛的人就会问：有吃素吗？为什么学佛这么久，还不吃素呢？这样把学佛与素食合一，对于弘扬佛法是有碍的。

三、对于佛教仪式而来的误解

不了解佛教的人，到寺里去看见礼佛念经，拜忏，早晚功课等等的仪式，不明白其中的真义，就说这些都是迷信。这里面问题很多，现在简单的说到下面几种：

（一）"礼佛"。入寺拜佛，拿香、花、灯烛来供佛，西洋神教徒，说我们是拜偶像，是迷信，其实佛是我们的教主，是人而进达究竟圆满的圣者，大菩萨们也是快要成佛的人，这是我们皈依之处，是我们的领导者，尊重佛、菩萨，当有所表示，好像恭敬父母必须有礼貌一样，佛在世的时候，没有问题，可以直接对他表示恭敬。可是现在释迦佛已入涅槃了，还有他方世界的佛菩萨，都不在我们这个世界，不得不用纸画、泥塑、木头石块来雕刻他们的形象，作为恭敬礼拜的对象，因为这是表示佛菩萨的形象，我们才要恭敬礼拜他，并不因为他是纸、土、木、石。如我们敬爱我们的国家，要怎样表示尊敬呢？用颜色布做成国旗，当升旗的时候，恭恭敬敬向国旗行礼，我们能否说这是迷信的行为？天主教也有像，基督教虽没有神像，但也有十字架作为敬礼的对象，有的还跪下祷告，这与拜佛有何差别呢？说佛教礼佛为拜偶像，这是西洋神教徒对我们礼佛的意义不够理解。

至于香花灯烛呢？佛在世时，在印度是用这些东西来供养佛的，灯烛是表示光明，香花是表示芬香清洁，信佛礼佛，一方面用这些东西来供养佛以表示虔敬，一方面即表示从佛得到光明清净，并不是献花烧香，使佛闻得香味、点灯点烛佛才能看到一切，西洋宗教，尤其是天主教，还不是用这些东西吗？这本是一般宗教的共同仪式。礼佛要恭敬虔诚、礼佛的时候，要观想为真正的佛。如果一面拜，一面想东想西，或者讲话，那是大不敬，失掉了礼佛的意义。

（二）"礼忏"。佛教徒礼忏诵经，异教徒，及非宗教者，也常常误以为迷信。不知道"忏"印度话叫忏摩，是自己做错了以后，承认自己错误的意思，因为一个人，在过去世以及现生中，谁都做过种种错事，犯有种种的罪恶，留下招引苦难，障碍修道解脱的业力，为了减轻及消除障碍苦难的业力，所以在佛菩萨前，众僧前，承认自己的错误，以消除自己的业障。佛法有礼忏的法门，这等于耶教的悔改，在宗教的进修上是非常重要的。忏悔要自己忏，内心真切的忏，才合乎佛教的意思。

一般人不会忏悔要怎么办呢。古代祖师就编集忏悔的仪规，教我们一句一句念诵，口诵心思，也就是知道里面的意义，忏悔自己的罪业了，忏仪中教我们怎样的礼佛，求佛菩萨慈悲加护，承认自己的错误，知道杀生、偷盗、邪淫等的不是，一心发愿改往修来，这些都是过去祖师们教我们忏悔的仪规，（耶教也有耶稣示范的祷告文）但主要还是要从心里发出真切的悔改心。

有些人，连现成的仪规也不会念诵，就请出家人领导着念，慢慢地自己不知道忏悔，专门请出家人来为自己礼忏了，有的父母眷属去世了为要藉三宝的恩威，来消除父母眷属的罪业，也请出家人来礼忏，以求亡者的超升，然而如不明佛法本意，为了铺排门面为了民间风俗，只是费几个钱，请几个出家人来礼忏做功德，而自己或不信佛法，或者自己毫无忏悔恳切的诚意，那是失掉忏礼的意义了。

佛教到了后来，忏悔的意义模糊了。学佛的自己不忏，事无大小都请出家人，弄得出家人为了佛事忙，今天为这家礼忏，明天为那家做功德，有的寺院，天天以佛事为唯一事业；出家人主要事业，放弃不管，这难怪佛教要衰败了，所以忏悔主要是自己，如果自己真真切切的忏悔，甚至是一小时的忏悔，也是超过请了许多人做几天佛事的功德，了解这个道理，如对父母要尽儿女的孝心，那么为自己父母礼忏的功德很大。因为血缘相通，关系密切的缘故。不要把礼忏、做功德，当作出家人的职业，这不但毫无好处还会增加世俗的毁谤与误会。

（三）"课诵"。学佛的人，在早晚诵经念佛，在佛教里面叫课诵。基督教早晚及饮食的时候有祷告，天主教徒早晚也要诵经，这种宗教行仪，本来没有什么问题，不过为了这件事情，有几位问我，不学佛还好，一学佛问题就大了，我的母亲早上晚上一做功课，就要一两个钟头，如学佛的都这样，家里的事情简直没有办法推动了，在一部份的居士间，确有这种情形，使人误会佛教为老年有闲的佛教，非一般人所宜学，其实，早晚课诵，并不是一定诵什么经，念什么佛，也不一定诵持多久，可以随心所欲依实际情形而定时间，主要的须称念三皈依，十愿也是重要的，日本从中国传去的佛教、净土宗、天台宗、密宗等都各有自宗的功课，简要而不费多少时间，这还是唐、宋时代的佛教情况，我们中国近代的课诵，一、是丛林所用的，丛林住了几百人，集合一次就须费好长时间，为适应这特殊环境所以课诵较长。二、元、明以来佛教趋向混合，于是编集的课诵仪规，具备各种内容，适合不同宗派的修学。其实在家居士，不一定要如此。从前印度大乘行人，每天六次行五悔法，时间短些不要紧，次数不妨增多，终之学佛，不只是念诵仪规，在家学佛，绝不可因功课繁长而影响家庭的工作。

（四）"烧纸"。古代中国祭祖时有焚帛风俗，烧一点绸缎，给祖先享用。后来为了简省就改用纸来代替，到后代做成钱，元宝钞票，甚至于扎房子、汽车来焚化，这些都是古代传来的风俗习惯，演变而成，不是佛教里面所有的。

这些事情，也有一点好处，就是做儿女的对父母表示一点孝意。自己饮食，想到父母祖先，自己住屋穿衣，想到祖先，不忘记父祖的恩德，有慎终追远的意义。佛教传来中国，适应中国，方便的与念经礼佛合在一起，但是在儒家"送死为大事"及"厚葬"的风气下，不免铺张浪费，烧得越多越好，这才引起近代人士的批评，而佛教也被认为迷信浪费了。佛教徒明白这个意义，最好不要烧纸箔等，佛教里并没有这些。

如果为了要纪念先人，象征的少烧一点，不要拿到寺庙里去烧，免得佛教为我们受罪。

李叔同作《十八罗汉之一》

（五）"抽签，问卜扶乩"。有些佛寺中，有抽签、问卜甚至有扶乩等举动，引起社会的讥嫌，指为迷信。其实纯正的佛教，不容许此种行为（有没有效验，是另外一件事）。真正学佛的，只相信因果。如果过去及现在做有恶业，绝不能趋吉避凶的方法可以避免。修善得善果，作恶将来避不了恶报，要得到善的果报，就得多做有功德的事情。佛弟子只知道多做善事，一切事情，如法合理的去做，绝不使用投机取巧的下劣作风。这几样都与佛教无关，佛弟子真的信仰佛教，应绝对避免这些低级的宗教行为。

四、由于佛教现况而来的误解

一般中国人，不明了佛教，不明了佛教的国际情形，专以中国佛教的现况，随便批评佛教。下面便是常听到的两种：

（一）"信仰佛教的国家就会衰亡"。他们以为印度是因为信佛才亡国，他们要求中国富强，于是武断的认为不能信仰佛教，其实这是完全错误，研究过佛教历史的都知道，过去印度最强盛时代，便是佛教最兴盛时代，那时候，孔雀王朝的阿育王统一印度，把佛教传播到全世界。后来婆罗门教复兴，摧残佛教，印度也就日见纷乱。当印度为回教及大英帝国灭亡时，佛教已经衰败甚至没有了。中国历史上，也有这种实例。现在称华侨为唐人、中国为唐山，就可见到中国唐朝国势的强盛，那个时候，恰是佛教最兴盛的时代，唐武宗破坏佛教，也就是唐代衰落了。唐以后，宋太祖、太宗、真宗、仁宗都崇信佛教，也就是宋朝兴盛的时期。明太祖本身是出过家的，太宗也非常信佛，不都是政治修明，国力隆盛的时代吗！日本现在虽然失败了，但在明治维新之后挤入世界强国之列，他们大都是信奉佛教的，信佛谁说能使国家衰弱？所以从历史看来国势强盛时代正是佛教兴盛的时代。为什么希望现代的中国富强，而反对提倡佛教呢！

（二）"佛教对社会没有益处"。近代中国人士，看到天主教、基督教办有学校医院等，而佛教少有举办，就认为佛教是消极，不做有利社会的事业，与社会无益，这是错误的论调，最多只能说，近代中国佛教徒不努力，不尽责，决不是佛教要我们不做，过去的中国佛教，也办有慈善事业，现代的日本佛教徒，办大学、中学等很多，出家人也多有任大学与中学的校长与教授，慈善事业，也由寺院僧众来主办。特别在锡兰、缅甸、泰国的佛教徒，都能与教育保持密切的关系，兼办慈善事业。所以不能说佛教不能给予社会以实利，而只能说中国佛教徒没有尽到佛弟子的责任，应该多从这方面努力，才会更合乎佛教救世的本意，使佛教发达起来。

中国一般人士，对于佛教的误解还多得很，今天所说的，是比较普遍的，希望大家知道了这些意义，做一个有纯正信仰的佛教徒，至少也能够清除一下对佛教的误会，使纯正佛教的本意发扬出来。否则看来信仰佛教极其虔诚，而实包含了种种错误，信得似是而非，这也难怪社会的讥嫌了。

授三皈依大意

第一章　三皈之略义

三皈者，皈依于佛法僧三宝也。

三宝义甚广，有种种区别。今且就常人最易了解者，略举之。

佛者，如释迦牟尼佛阿弥陀佛等诸佛是也。法者，为佛所说之法，或菩萨等依据佛意所说之法，即现今所流传之大小乘经律论三藏也。僧者，如菩萨声闻诸圣贤众、下至仅剃发被袈裟者皆是也。

皈依者，皈向依赖之意。

皈依于三宝者，乞三宝救护也。《大方便佛报恩经》云：譬人获罪于王，投向异国以求救护。异国王言，汝来无畏，但莫出我境，莫违我教，必相救护，众生亦尔。系属于魔，有生死罪。皈向三宝，以求救护。若诚心皈依，更无异向，不违佛教，魔王邪恶，无如之何。

既已皈依于佛，自今以后，决不再依天仙神鬼一切诸外道等。

既已皈依于法，自今以后，决不再依诸外道典籍。

既已皈依于僧，自今以后，决不再依于不奉行佛法者。

第二章　授三皈之方法

一、忏悔。二、正授三皈。三、发愿回向。

应先请授者详力解释此三种文义。因仅读文而未解义，不能获诸善法也。

正授三皈之文有多种，常所用者如下：

我某甲，尽形寿，皈依佛、皈依法、皈依僧。三说

我某甲，皈依佛竟、皈依法竟、皈依僧竟。三结

前三说时，已得皈依善法。后三结者，重更叮咛令不忘失也。

忏悔文及发愿回向文，由授者酌定之。但发愿回向，应有以此功德，回向众生，同生西方，齐成佛道之意。万不可惟求自利也。

李叔同作《佛祖与众弟子》

第三章　授三皈之利益

经律论中，赞叹皈依三宝功德之文甚多。今略举四则。《灌顶经》云：受三皈者，有三十六善神，与其无量诸眷属，守护其人令其安乐。《善生经》云：若人受三皈，所得果报，不可穷尽。如四大宝藏（四宝者：金、银、琉璃、玻璃），举国人民，七年之中，运出不尽。受三皈者，其福过彼，不可称计。《较量功德经》云：若三千大千世界，满中

如来，如稻麻竹苇。若人四事供养（饮食、衣服、卧具、汤药）满二万岁，诸佛灭后，各起宝塔，复以香花供养，其福甚多，不如有人以清净心，皈依佛法僧三宝所得功德。《大集经》云：妊娠女人，恐胎不安，先授三皈已，儿无加害；乃至生已，身心具足，善神拥护。是母受兼资于子也。

第四章　结诰

在本寺正式讲律，至今日圆满。今日所以聚集缁素诸众，讲三皈大意者，一以备诸师参考，俾他日为人授三皈时，知其简要之方法也。一以教诸在家人，令彼等了知三皈之大意，俾已受者，能了此意，应深自庆幸。其未受者，先能了知此意，且为他日依师受三皈之基础也。

（本文系弘一法师一九三三年五月三十一日在厦门万寿禅寺所作讲演敬三宝。）

晚晴集

1. 若失本心，即当忏悔，忏悔之法，是为清凉。(《金刚三昧经》)

2. 菩萨若能随顺众生，则为随顺供养诸佛。若于众生尊重承事，则为尊重承事如来。若令众生生欢喜者，则令一切如来欢喜。(《华严经普贤行愿品》)

3. 我若多嗔及怨结者，十方现在诸佛世尊皆应见我，当作是念：云何此人欲求菩提而生嗔恚及以怨结？此愚痴人，以嗔恨故，于自诸苦不能解脱，何由能救一切众生？(《华严经修慈分》)

4. 迦叶白佛：我等从今，当于一切众生生世尊想。若生轻心，则为自伤。佛言：善哉快论。(《首楞严三昧经》依宝王论节文)

5. 应代一切众生受加毁辱，恶事向自己，好事与他人。(《梵网经》)

6. 离贪嫉者能净心中贪欲云翳，犹如夜月，众星围绕。(《理趣六波罗蜜多经》)

7. 生死不断绝，贪欲嗜味故，养怨入丘冢，虚受诸辛苦。(《大宝积经富楼那会》)

8. 是身如掣电，类乾闼婆城，云何于他人，数生于喜怒？(《诸法集要经》)

9. 嗔恚之害则破诸善法，坏好名闻，今世后世，人不喜见。(《佛

遗教经》)

10. 行少欲者，心则坦然，无所忧畏，触事有余，常无不足。(《佛遗教经》)

11. 身语意业不造恶，不恼世间诸有情，正念观知欲境空，无益之苦当远离。(有部律周利槃陀伽尊者，三月不能诵得，即此伽陀也)

12. 名誉及利养，愚人所爱乐，能损害善法，如剑斩人头。(《有部律》)

13. 世间色声香味触，常能诳惑一切凡夫，令生爱着。(智者大师)

14. 嗔是失佛法之根本，坠恶道之因缘，法乐之冤家，善心之大贼，种种恶口之府藏。(智者大师)

15. 凡夫学道法，唯可心自知，造次向他道，他即反生诽。谛观少言说，人重德能成，远众近静处，端坐正思惟。但自观身行，口勿说他短，结舌少论量，默然心柔软。无知若聋盲，内智怀实宝，头陀乐闲静，对修离懈惰。(道宣律师)

16. 处众处独，宜韬宜晦，若哑若聋，如痴如醉，埋光埋名，养智养慧，随动随静，忘内忘外。(翠严禅师)

17. 我且问你，忽然临命终时，你将何抵敌生死？须是闲时办得下，忙时得用，多少省力。休待临渴掘井，做手脚不迭，前路茫茫，胡钻乱撞。苦哉苦哉。(黄檗禅师)

18. 鼻有墨点，对镜恶墨，但揩于镜，其可得耶？好恶是非，对之前境，不了自心，但尤于境，其可得耶？洗分别之鼻墨，则一镜圆净矣。万境咸真矣。执石成宝矣。众生即佛矣。(飞锡法师)

19. 修行人大忌说人长短是非，乃至一切世事非干己者，口不可说，心不可思。但口说心思，便是昧了自己。若专炼心，常搜己过，那得工夫管他家屋里事？粉骨碎身，唯心莫动。收拾自心如一尊木雕圣像坐在堂中，终日无人亦如此。幡盖簇拥香花供养亦如此。赞叹亦如此。毁谤亦如此。修行人常常心上无事，时时刻刻体究自己本命元辰端的处。（盘山禅师）

20. 元无我人，为谁贪嗔？（圭峰法师）

21. 报缘虚幻，不可强为。浮世几何，随家丰俭。苦乐逆顺，道在其中。动静寒温，自愧自悔。（佛眼禅师）

22. 学道人逐日但将检点他人底工夫，常自检点，道业无有不办，或喜或怒或静或闹，皆是检点时节。（大慧禅师）

23. 化人问幻士，谷响答泉声，欲达吾宗旨，泥牛水上行。（永明禅师）

24. 千峰顶上一茅屋，老僧半间云半间，昨夜云随风雨去，到头不似老僧闲。（归宗芝庵禅师）

25. 过去事已过去了，未来不必预思量；只今便道即今句，梅子熟时栀子香。（石屋禅师）

26. 即今休去便休去，若觅了时无了时。（云峰禅师）

27. 琐琐含生营营来去者，等彼器中蚊蚋，纷纷狂闹耳。一化而生，再化而死，化海漂荡，竟何所之？梦中复梦，长夜冥冥，执虚为实，曾无觉日，不有出世之大觉大圣，其孰与而觉之欤？（仁潮禅师）

28. 纵宿业深厚，不能顿断，当方便制抑，自劝自心。（妙禅师）

29. 放开怀抱，看破世间，宛如一场戏剧，何有真实？（莲池大师）

30. 达宿缘之自致，了万境之如空，而成败利钝，兴味萧然矣。（莲池大师）

31. 伊庵权禅师用功甚锐。至晚，必流涕曰：今日又只恁么空过，未知来日工夫如何？师在众，不与人交一言。（莲池大师）

32. 畏寒时欲夏，苦热复思冬，妄想能消灭，安身处处同。草食胜空腹，茅堂过露居，人生解知足，烦恼一时除。（莲池大师）

33. 人之过恶深重者，亦有效验。或心神昏塞转头即忘；或无事而常烦恼；或见君子而赧然消沮；或闻正论而不乐；或施惠而人反怨；或夜梦颠倒；甚则妄言失志，皆作孽之相也。苟一类此，即须奋发，舍旧图新，幸勿自误！（袁了凡）

34. 只"强顺人情，勉就世故"八个字，误却你一生大事。道业未成，无常至速！急宜敛迹韬光，一心向道，不得再误！（西方确指）

35. 深潜不露，是名持戒，若浮于外，未久必败。有口若哑，有耳若聋，绝群离俗，其道乃崇。（西方确指）

36. 种种恶逆境界，尽情看作真实受益之处。名利、声色、饮食、衣服、赞誉、供养种种顺情境界，尽情看作毒药毒箭。（蕅益大师）

37. 将身心世界全体放下，作一超方特达之观。（蕅益大师）

38. 善友罕逢，恶缘偏盛，非咬钉嚼铁，刻骨镂心，何以自拔哉？（蕅益大师）

39. 何不趁早放下幻梦尘劳，勤修戒定智慧？（蕅益大师）

40. 勿贪世间文字诗词而碍正法！勿逐悭、贪、嫉妒、我慢，鄙覆

习气，而自毁伤！（蕅益大师）

41. 内不见有我，则我无能；外不见有人，则人无过；一味痴呆，深自惭愧！劣智慢心痛自改革！（蕅益大师）

42. 篱菊数茎随上下，无心整理任他黄，后先不与时花竞，自吐霜中一段香。（诵帚禅师）

43. 从今以后，愿遁世不见知而不悔，作一斋公斋婆，向厨房灶下安隐过日，今生不敢复作度人妄想（彭二林）

44. 幸赖善缘得闻法要，此千生万劫转凡成圣之时。尚复徘徊歧路，乍前乍却，则更历千生万劫，亦如是而止耳！况辗转沦陷，更有不可知者哉？（彭二林）

45. 轮转生死中，无须臾少息，犹复熙熙如登春台，曾不知佛与菩萨为之痛心而惨目也。（彭二林）

46. 汝信心颇深，但好张罗及好游、好结交，实为修行一大障，祈沉潜杜默，则其益无量。戒之！（印光大师）

47. 汝是何等根机，而欲法法咸通耶？其急切纷扰，久则或致失心。（印光大师）

48. 当主敬存诚，于二六时中，不使有一念虚浮怠忽之相，及与世人酬酢，唯以忠恕为怀，则一切时，一切处，恶念自无从而起。（印光大师）

49. 直须将一个死字挂到额颅上。（印光大师）

50. 若善男子、善女人，闻说净土法门，心生悲喜，身毛为竖如拔出者。当知此人，此过去宿命已作佛道来也。（《无量清净平等觉经》依

迦才净土论引文)

51. 汝今亦可自厌生死老病痛苦，恶露不浮，无可乐者！（《无量寿经》）

52. 无忧恼处，我当往生，不乐阎浮提浊恶世也。（《观无量寿佛经》）

53. 才有病患，莫论轻重，便念无常，一心待死。（善导大师）

54. 我未曾见闻，慈悲而行恼，互共相嗔恚，愿生阿弥陀。若人如恒河，恶口加刀杖，如是皆能忍，则生清净土。（《诸法无行经》）

55. 生宏律范，死归安养，平生所得，唯二法门。（灵芝元照律师）

56. 凡闻恶声，则念阿弥陀佛以消禳之，愿一切人不为恶行。凡见善事，则念阿弥陀佛以赞助之，愿一切人皆为善行。无事则默念阿弥陀佛，常在目前，便念念不忘。能如此者，其于净土决定往生。（王龙舒）

57. 人生能有几时？电光眨眼便过！趁未老未病，抖身心，拨世事；得一日光景，念一日佛名；得一时工夫，修一时净业；由他命终，我之盘缠预办，前程稳当了也。若不如此，后悔难追！（天如禅师）

58. 如就刑戮，若在狴牢，怨贼所追，水火所逼；一心求救，愿脱苦轮。（天如禅师）

59. 于此土声色诸境，作地狱想、苦海想、火宅想。诸宝物作苦具想。饮食衣服，如脓血铁皮想。（妙什禅师）

60. 此界释迦已灭，弥勒未生，贤圣隐伏。众生奔波苦海，犹失父之儿，若不以极乐愿王为归，谁为救护？（妙什禅师）

61. 闻教便行，奚待更劝？（妙什禅师）

62. 惟名闻利养，甜爱软贼，及嗔心嗔火；虽有佛力，不能救焉！行者当深加精进，以攘却之！（妙什禅师）

63. 又复当护人心，勿使夸嫌，动用自若；息世杂善，不贪名利，将过归己，捐弃伎能，惟求往生。（妙什禅师）

64. 娑婆有一爱之不轻，则临终为此爱所牵；矧多爱乎？极乐有一念之不一，则临终为此念所转；矧多念乎？（幽溪法师）

65. 若生恩爱时，当念净土眷属无有情爱，何当得生净土？远离此爱。若生嗔恚时，当念净土眷属无有触恼，何当往生净土？得离此嗔。若受苦时，当念净土无有众苦，但受诸乐。若受乐时，当念净土之乐，无央无待。凡历缘境，皆以此意而推广之，则一切时处，无非净土之助行也。（幽溪法师）

66. 如何说得娑婆苦？苦事纷纷等猬毛！（西斋禅师）

67. 当屏人独处，自办道业，以设像为师，经论为侣。（袁宏道）

68. 五浊恶世，寒热苦恼，秽相熏炙，不容一刻居住。（袁宏道）

69. 问：人不信净土，恐只是本来福薄？答：此言甚是！（莲池大师）

70. 余下劣凡夫，安分守愚，平生所务，惟是南无阿弥陀佛六字。今老矣！倘有问者，必以此答。（莲池大师）

71. 当生大欢喜，切勿怀忧恼，万缘俱放下，但一心念佛。往生极乐国，上品莲花生，见佛悟无生，还来度一切。（莲池大师）

72. 世情淡一分，佛法自有一分得力。娑婆活计轻一分，生西方便有一分稳当。弹指归安养，阎浮不可留。（蕅益大师）

73. 归命大慈父，早出娑婆关。（蕅益大师）

74. 世之最可珍重者，莫过精神；世之最可爱惜者，莫过光阴；一念净即佛界缘起，一念染即九界生因，凡动一念即十界种子，可不珍重乎？是日已过，命亦随减，一寸时光即一寸命光，可不爱惜乎？苟知精神之可珍重，则不浪用，则念念执持佛名。光阴不虚度，则刻刻薰修净业。（彻悟禅师）

75. 悲哉众生！欲念未除，道根日坏。佛之视汝，将何以堪？（彭二林）

76. 子等归向极乐，全须打得一副全铁心肠，外不为六尘所染；内不为七情所锢；污泥中便有莲花出现也。（彭二林）

77. 莲花种子，荣悴由人。时不相待，珍重！珍重！（彭二林）

78. 上品见佛速，下品见佛迟，虽有迟速异，终无退转时。参禅病着相，念佛贵断疑，实实有净土，实实有莲池。（张守约）

79. 念阿弥陀佛，正觉圆满之名；观极乐世界，清净庄严之相；如此滞着，只怕未能切实；果能切实，则世间种种幻化妄缘，自当远离。（悟开禅师）

80. 随忙随闲，不离弥陀名号，顺境逆境，不忘往生西方。（印光法师。以下悉同）

81. 诚与恭敬，实为超凡入圣，了生脱死之极妙秘诀。

82. 业障重、贪嗔盛、体弱、心怯，但能一心念佛，久之自可诸疾咸愈。

83. 佛固不见弃于罪人，当承兹行以往生耳。

84. 须信娑婆实实是苦，极乐实实是乐，深信佛言，了无疑惑。

85. 应发切实誓愿，愿离娑婆苦，愿得极乐乐。其愿之切，当如堕厕坑之急求出离；又如系牢狱之切念家乡；己力不能自出，必求有大势力者提拔令出。

86. 业识未消，三昧未成，纵谈理性，终成画饼。

87. 入理深谈，且缓数年！

88. 一句南无阿弥陀佛，只要念得熟，成佛尚有余裕！不学他法，又有何憾？

89. 汝虽于净土法门，颇生信心；然犹有好高骛胜之念头，未能放下，而未肯以愚夫愚妇自命。

90. 其有平日自命通宗通教，视净土若秽物，恐其污己者；临终多是手忙脚乱，呼爷叫娘。

91. 汝妄想之心遍天遍地，不知息心念佛，所谓向外驰求，不知返照回光。

92. 今见好心出家在家四众，多是好高骛远，不肯认真专修净业，总由宿世善根浅薄，今生未遇通人。

93. 当今之时，其世道局势，有如安卧积薪之上，其下已发烈火，尚犹悠忽度日，不专志求救于一句佛号，其知见之浅近甚矣。

94. 心跳恶梦，乃宿世恶业所现之兆。然现境虽有善恶，转变在乎自己，恶业现而专心念佛，则恶因缘为善因缘。

95. 当恪守净宗列祖成规，持斋念佛，改恶修善，知因识果，植福培德，以企现生消除业障，临终正念往生，庶不虚此一生，及亲为如来弟子耳。

96. 但当志心念佛，以消旧业，断不可起烦躁心，怨天尤人。

97. 具缚凡夫，若无贫穷疾病等苦，将日奔驰于声色名利之场而莫之能已。谁肯于得意烜赫之时，回首作未来沉溺之想乎？

98. 欲得佛法实益，须向恭敬中求，有一分恭敬，则消一分罪业，增一分福慧。

99. 念佛要时常作将死、将堕地狱想，则不恳切亦自恳切，不相应亦自相应，以怖苦心念佛，即是出苦第一妙法，亦是随缘消业第一妙法。

100. 末法众生，无论有善根无善根，皆当决定专修净土；善根有，固宜努力，无，尤当笃培。

101. 汝须自知好歹，修行要各尽其分，潜修默契方可，急急改过摄心念佛。

青年佛徒应注意的四项

养正院从开办到现在，已是一年多了。外面的名誉很好，这因为由瑞金法师主办，又得各位法师热心爱护，所以能有这样的成绩。

我这次到厦门，得来这里参观，心里非常欢喜。各方面的布置都很完美，就是地上也扫得干干净净的，这样，在别的地方，很不容易看到。

我在泉州草庵大病的时候，承诸位写一封信来，各人都签了名，慰问我的病状；并且又承诸位念佛七天，代我忏悔，还有像这样的别的事情，都使我感激万分！

再过几个月，我就要到鼓浪屿日光岩去方便闭关了。时期大约颇长久，怕不能时时会到，所以特地发心来和诸位叙谈叙谈。

今天所要和诸位谈的，共有四项：一是惜福，二是习劳，三是持戒，四是自尊，都是青年佛徒应该注意的。

一、惜福

"惜"是爱惜，"福"是福气。就是我们纵有福气，也要加以爱惜，切不可把它浪费。诸位要晓得：末法时代，人的福气是很微薄的，若不爱惜，将这很薄的福享尽了，就要受莫大的痛苦，古人所说"乐极生悲"，就是这意思啊！我记得从前小孩子的时候，我父亲请人写了一副大对联，是清朝刘文定公的句子，高高地挂在大厅的抱柱上，上联是"惜食，惜衣，非为惜财缘惜福"。我的哥哥时常教我念这句子，我念熟了，以后凡是临到穿衣或是饮食的当儿，我都十分注意，就是一粒米饭，也不敢随意糟掉；而且我母亲也常常教我，身上所穿的衣服当时时小心，不可损坏或污染。因为母亲和哥哥怕我不爱惜衣食，损失福报以致短命而死，所以常常这样叮嘱着。

诸位可晓得，我五岁的时候，父亲就不在世了！七岁我练习写字，拿整张的纸瞎写，一点儿不知爱惜，我母亲看到，就正言厉色地说："孩子！你要知道呀！你父亲在世时，莫说这样大的整张的纸不肯糟蹋，就连寸把长的纸条，也不肯随便丢掉哩！"母亲这话，也是惜福的意思啊！

1923年李叔同与道友摄于温州庆福寺

这样的家庭教育，深深地印在脑里，后来年纪大了，也没一时不爱惜衣食；就是出家以后，一直到现在，也还保持着这样的习惯。诸位请看我脚上穿的一双黄鞋子，还是一九二〇年在杭州时候，一位打念佛七的出家人送给我的。诸位有空，可以到我房间里来看看，我的棉被面子，还是出家以前所用的；又有一把洋伞，也是一九一一年买的。这些东西，即使有破烂的地方，请人用针线缝缝，仍旧同新的一样了。简直可尽我形寿受用着哩！不过，我所穿的小衫裤和罗汉草鞋一类的东西，却须五六年一换，除此以外，一切衣物，大都是在家时候或是初出家时候制的。

从前常有人送我好的衣服或别的珍贵之物，但我大半都转送别人。因为我知道我的福薄，好的东西是没有胆量受用的。又如吃东西，只生病时候吃一些好的，除此以外，从不敢随便乱买好的东西吃。

惜福并不是我一个人的主张，就是净土宗大德印光老法师也是这样，有人送他白木耳等补品，他自己总不愿意吃，转送到观宗寺去供养谛闲法师。别人问他：

"法师！你为什么不吃好的补品？"

他说："我福气很薄，不堪消受。"

他老人家——印光法师，性情刚直，平常对人只问理之当不当，情面是不顾的。前几年有一位皈依弟子，是鼓浪屿有名的居士，去看望他，和他一道吃饭，这位居士先吃好，老法师见他碗里剩落了一两粒米饭；于是就很不客气地大声呵斥道：

"你有多大福气，可以这样随便糟蹋饭粒！你得把它吃光！"

诸位！以上所说的话，句句都要牢记！要晓得：我们即使有十分福气，也只好享受三分，所余的可以留到以后去享受；诸位或者能发大心，愿以我的福气，布施一切众生，共同享受，那更好了。

二、习劳

"习"是练习,"劳"是劳动。现在讲讲习劳的事情:

诸位请看看自己的身体,上有两手,下有两脚,这原为劳动而生的。若不将它们运用习劳,不但有负两手两脚,就是仅对于身体而言也一定有害无益的。换句话说:若常常劳动,身体必定康健。而且我们要晓得:劳动原是人类本分上的事,不惟我们寻常出家人要练习劳动,即使到了佛的地位,也要常常劳动才行。现在我且讲讲佛的劳动的故事:

所谓佛,就是释迦牟尼佛。在平常人想起来,佛在世时,总以为同现在的方丈和尚一样,有衣钵师、侍者师常常侍候着,佛自己不必做什么;但是不然,有一天,佛看到地下不是很清洁,自己就拿起扫帚来扫地,许多大弟子见了,也过来帮扫,不一时,把地扫得十分清洁。佛看了欢喜,随即到讲堂里说道:

"若人扫地,能得五种功德。"

又有一个时候,佛和阿难出外游行,在路上碰到一个喝醉了酒的弟子,已醉得不省人事了;佛就命阿难抬脚,自己抬头,一直抬到井边,用桶汲水,叫阿难把他洗濯干净。

有一天,佛看到门前木头做的横楣坏了,自己动手去修补。

有一次,一个弟子生了病,没有人照应,佛就问他说:

"你生了病,为什么没人照应你?"

那弟子说:"从前人家有病,我不曾发心去照应他;现在我有病,所以人家也不来照应我了。"

佛听了这话,就说:"人家不来照应你,就由我来照应你吧!"

就将那病弟子的大小便等种种污秽，洗濯得干干净净；并且还将他的床铺，理得清清楚楚，然后扶他上床。由此可见，佛是怎样的习劳了。佛决不像现在的人，凡事都要人家服劳，自己坐着享福。这些事实，出于经律，并不是凭空说说的。

现在我再说两桩事情给大家听听。《弥陀经》中载着的一位大弟子——阿冕楼陀，他双目失明，不能料理自己，佛就替他裁衣服，还叫别的弟子一同帮着做。

有一次，佛看到一位老年比丘眼睛花了，要穿针缝衣，无奈眼睛看不清楚，嘴里叫着：

"谁能替我穿针呀！"

佛听了立刻答应说：

"我来替你穿。"

以上所举的例，都足证明佛是常常劳动的。我盼望诸位，也当以佛为模范，凡事自己动手去做，不可依赖别人。

三、持戒

"持戒"二字的意义，我想诸位总是明白的吧！我们不说修到菩萨或佛的地位，就是想来生再做人，最低的限度，也要能持五戒。可惜现在受戒的人虽多，只是挂个名而已，切切实实能持戒的却很少。要知道：受戒之后，若不持戒，所犯的罪，比不受戒的人要加倍的大，所以我时常劝人不要随便受戒。至于现在一般传戒的情形，看了真痛心，我实在说也不忍说了！我想最好还是随自己的力量去受戒，万不可敷衍门面，自寻苦恼。

戒中最重要的，不用说是杀、盗、淫、妄，此外还有饮酒、食肉，也易惹人讥嫌。至于吃烟，在律中虽无明文，但在我国习惯上，也很容易受人讥嫌的，总以不吃为是。

四、自尊

"尊"是尊重，"自尊"就是自己尊重自己，可是人都喜欢人家尊重我，而不知我自己尊重自己；不知道要想人家尊重自己，必须从我自己尊重自己做起。怎样尊重自己呢？就是自己时时想着：我当成一个伟大的人，做一个了不起的人。比如我们想做一位清净的高僧吧，就拿《高僧传》来读，看他们怎样行，我也怎样行，所谓："彼既丈夫我亦尔。"又比方我想将来做一位大菩萨，那么，就当依经中所载的菩萨行，随力行去。这就是自尊。但自尊与贡高不同；贡高是妄自尊大，目空一切的胡乱行为；自尊是自己增进自己的德业，其中并没有一丝一毫看不起人的意思。

诸位万万不可以为自己是一个小孩子，是一个小和尚，一切不妨随便些，也不可说我是一个平常的出家人，哪里敢希望做高僧、做大菩萨。凡事全在自己去做，能有高尚的志向，没有做不到的。

诸位如果这样想：我是不敢希望做高僧、做大菩萨的，那做事就随随便便，甚至自暴自弃，走到堕落的路上去了，那不是很危险的吗？诸位应当知道：年纪虽然小，志气却不可不高啊！

我还有一句话，要向大家说，我们现在依佛出家，所处的地位是非常尊贵的，就以剃发、披袈裟的形式而论，也是人天师表，国王和诸天人来礼拜，我们都可端坐而受。你们知道这道理吗？自今以后，就当尊重自己，万万不可随便了。

　　以上四项，是出家人最当注意的，别的我也不多说了。我不久就要闭关，不能和诸位时常在一块儿谈话，这是很抱歉的。但我还想在关内讲讲律，每星期约讲三四次，诸位碰到例假，不妨来听听！今天得和诸位见面，我非常高兴。我只希望诸位把我所讲的四项，牢记在心，作为永久的纪念！时间讲得很久了，费诸位的神，抱歉！抱歉！

　　（本文系弘一法师一九三六年二月在厦门南普陀寺佛教养正院开学日讲。）

泉州开元慈儿院讲录

我到闽南，已有十年，来到贵院，也有好几回，每回到院，都觉得有一番进步，这是使我很喜欢的。贵院各种课程，都有可观，其最使我满意赞叹的，就是早晚两堂课诵。古语道，人身难得，佛法难闻。诸生倘非夙有善根，怎得来这里读书，又复得闻佛法哩！今这样，真是好极了。诸生得这难得机缘，应各起欢喜心，深自庆幸才是。

我今讲本师释迦牟尼佛在因地中为法舍身的几段故事给诸位听，现在先引《涅槃经》一段来说。释迦牟尼佛在无量劫前，当无佛法时代，曾作婆罗门，这位婆罗门，品格清高，与众不同，发心访求佛法。那时忉利天王在天宫瞧见，要试此婆罗门，有无真心，化为罗刹鬼，状极凶恶，来与婆罗门说法，但是仅说半偈（印度古代的习惯以四句为一偈）。婆罗门听了罗刹鬼所说的半偈很喜欢，要求罗刹再说后半偈，罗刹不肯。婆罗门力求，罗刹便向婆罗门道："你要我说后半偈，也可以，你应把身上的血给我饮，身上的肉给我吃，才可许你。"婆罗门为求法故，即时答应道："我甚愿将我身上的血肉给你。"罗刹以婆罗门既然诚恳地允许，便把后半偈说给他听。婆罗门得闻了后半偈，真觉心满意足，不胜欢喜，并且把这偈书写在各处，遍传到人间去。

婆罗门在各处树木山岩上书写此四句偈后，为维持信用，便想应如何把自己肉血给罗刹吃呢？他就要跑上一棵很高很高的树上，跳跃下来，自谓可以丧了身命，便将血肉给罗刹吃。罗刹那时，看婆罗门不惜以身求法，心中十分感动，当婆罗门在高处舍身跃下，未坠地时，罗刹便现了天王的原形把他接住，这婆罗门因得不死。罗刹原系忉利天王所化，欲试试婆罗门的，今见婆罗门求法如此诚恳，自然十分欢喜赞叹。若在婆罗门因志求无上正法，虽弃舍身命亦何所顾惜呢！刚才所说：婆罗门如此求法困难，不惜身命。诸位现在不要舍身，而很容易的得闻佛法，真是大可庆幸呀！

还有一段故事，也是《涅槃经》上说。过去无量劫时候，释迦牟尼佛，为一很穷困的人，当时有佛出世，见人皆先供养佛然后求法，己则贫穷无钱可供，他心生一计，愿以身卖钱来供佛，就到大街上去卖自己的身体。当在大街上喊卖身时，恰巧遇一病人，医生叫他每日应吃三两人肉，那病人看见有人卖身，便十分欢喜，因向贫人说："你每日给我三两人肉吃，我可以给你五枚金钱！"这位穷人，听了这话，与那病人商洽说："你先把五枚金钱拿来，我去买东西供养佛，求闻佛法，然后每日把我身上的肉割下给你吃。"当时病人应允，即先付金钱。这穷人供佛闻法已毕，即天天以刀割身上的三两肉给病人吃，吃到一个月，病才痊愈。当穷人每天割肉的时候，他常常念佛所说的偈，精神完全贯注在法的方面，竟如没有痛苦，而且不久他的身体也就平复无恙了。这穷人因求法之故，发心做难行的苦行有如此勇猛。诸生现今在这院里求学，早晚皆得闻佛法，不但每日无须割去若干肉，而且有衣穿，有饭吃，这岂不是很难得的好机缘吗？

再讲一段故事，出于《贤愚经》。释迦牟尼佛在因地时候，有一次身为国王，因厌恶终其身居于国王位，没有什么好处，遂发心求闻佛法。当时来了一位婆罗门，对这国王说："王要闻法，可否把身体挖一千个孔，点一千盏灯来供养佛吗？若能如此，便可为你说法。"那国王听婆罗门这句话，便慨然对他说："这有何难，为要闻法，情愿舍此身命，但我现有些少国事未了，容我七天，把这国事交下着落，便就实行。"到第七天，国事办完，王便欲在身上挖千个孔，点千盏灯，那时全国人民知道此事，都来劝阻。谓大王身为全国人民所依靠，今若这样牺牲，全国人民将何所赖呢？国王说："现在你们依靠我，我为你们做依靠，不过是暂时，是靠不住的，我今求得佛法，将来成佛，当先度化你们，可为你们永远的依靠，岂不更好，请大家放心，切勿劝阻。"那时国王马上就实行起来。呼左右将身上挖了一千孔，把油盛好，灯心安好，欣然对婆罗门说："请先说法，然后点灯。"婆罗门答应，就为他说法。国王听了，无限的满足，便把身上一千盏灯，齐点起来，那时万众惊骇呼号。国王乃发大誓愿道："我为求法，来舍身命，愿我闻法以后，早成佛道，以大智慧光普照一切众生。"这声音一发，天地都震动了，灯光显耀之下，诸天现前，即问国王："你身体如此痛苦，你心里不后悔吗？"国王答："决不后悔。"后来国王复向空中发誓言："我这至诚求法之心，果能永久不悔，愿我此身体即刻回复原状。"话说未已，至诚所感，果然身上千个火孔，悉皆平复，并无些少创痕。刚才所说，闻法有如此艰难，诸生现在闻法则十分容易，岂不是诸生有大幸福吗？！自今以后，应该发勇猛精进心，勤加修习才是！

以前我曾居住开元寺好几次，即住在贵院的后面，早晚闻诸生念佛念经，音声亦甚好听，每站在房门外都听得极为高兴。因各种课程固好，然其他学校也是有的，独此早晚二堂课诵，是其他学校所无，而贵院所独有的，此皆是贵院诸职教员善于教导，和你们诸位努力，才有这十分美满的成绩，我希望贵院，今后能够继续精进努力，不断进步，规模益扩大，为全国慈儿院模范，这是我最后殷勤的希望。

人生之最后

岁次壬申十二月，厦门妙释寺念佛会请余讲演，录写此稿。于时了识律师卧病不起，日夜愁苦。见此讲稿，悲欣交集，遂放下身心，屏弃医药，努力念佛。并扶病起，礼大悲忏，吭声唱诵，长跪经时，勇猛精进，超胜常人。见者闻者，靡不为之惊喜赞叹，谓感动之力有如是剧且大耶。余因念此稿虽仅数纸，而皆撮录古今嘉言及自所经验，乐简略者或有所取。及为治定，付刊流布焉。弘一演音记。

第一章 绪言

古诗云："我见他人死，我心热如火，不是热他人，看看轮到我。"人生最后一段大事，岂可须臾忘耶！今为讲述，次分六章，如下所列。

第二章 病重时

当病重时，应将一切家事及自己身体悉皆放下。专意念佛，一心希冀往生西方。能如是者，如寿已尽，决定往生。如寿未尽，虽求往生而病反能速愈，因心至专诚，故能灭除宿世恶业也。倘不如是放下一切专意念佛者，如寿已尽，决定不能往生，因自己专求病愈不求往生，无由往生故。如寿未尽，因其一心希望病愈，妄生忧怖，不惟不能速愈，反更增加病苦耳。

病未重时，亦可服药，但仍须精进念佛，勿作服药愈病之想。病既重时，可以不服药也。余昔卧病石室，有劝延医服药者，说偈谢云："阿弥陀佛，无上医王，舍此不求，是谓痴狂。一句弥陀，阿伽陀药，舍此不服，是谓大错。"因平日既信净土法门，谆谆为人讲说。今自患病，何反舍此而求医药，可不谓为痴狂大错耶！

若病重时，痛苦甚剧者，切勿惊惶。因此病苦，乃宿世业障。或亦是转未来三途恶道之苦，于今生轻受，以速了偿也。

自己所有衣服诸物，宜于病重之时，即施他人。若依《地藏菩萨本愿经》，如来赞叹品所言供养经像等，则弥善矣。

若病重时，神识犹清，应请善知识为之说法，尽力安慰。举病者今生所修善业，一一详言而赞叹之，令病者心生欢喜，无有疑虑。自知命终之后，承斯善业，决定生西。

第三章　临终时

临终之际，切勿询问遗嘱，亦勿闲谈杂话。恐彼牵动爱情，贪恋世间，有碍往生耳。若欲留遗嘱者，应于康健时书写，付人保藏。

倘自言欲沐浴更衣者，则可顺其所欲而试为之。若言不欲，或噤口不能言者，皆不须强为。因常人命终之前，身体不免痛苦。倘强为移动沐浴更衣，则痛苦将更加剧。世有发愿升西之人，临终为眷属等移动扰乱，破坏其正念，遂致不能往生者，甚多甚多。又有临终可升善道，乃为他人误触，遂起嗔心，而牵入恶道者，如经所载阿耆达王死堕蛇身，岂不可畏。

临终时，或坐或卧，皆随其意，未宜勉强。若自觉气力衰弱者，尽可卧床，勿求好看勉力坐起。卧时，本应面西右胁侧卧。若因身体痛苦，改为仰卧，或面东左胁侧卧者，亦任其自然，不可强制。

大众助念佛时，应请阿弥陀佛接引像，供于病人卧室，令彼瞩视。

助念之人，多少不拘。人多者，宜轮班念，相续不断。或念六字，或念四字，或快或慢，皆须预问病人，随其平日习惯及好乐者念之，病人乃能相随默念。今见助念者皆随己意，不问病人，既已违其平日习惯及好乐，何能相随默念。余愿自今以后，凡任助念者，于此一事切宜留意。

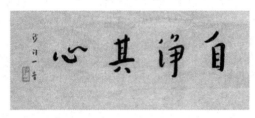

李叔同书"自净其心"

又寻常助念者，皆用引磬小木鱼。以余经验言之，神经衰弱者，病时甚畏引磬及小木鱼声，因其声尖锐，刺激神经，反令心神不宁。若依余意，应免除引磬小木鱼，仅用音声助念，最为妥当。或改为大钟大磬大木鱼，其声宏壮，闻者能起肃敬之念，实胜于引磬小木鱼也。但人之所好，各有不同。此事必须预先向病人详细问明，随其所好而试行之。或有未宜，尽可随时改变，万勿固执。

第四章　命终后一日

既已命终，最切要者，不可急忙移动。虽身染便秽，亦勿即为洗涤。必须经过八小时后，乃能浴身更衣。常人皆不注意此事，而最要紧。惟望广劝同人，依此谨慎行之。

命终前后，家人万不可哭。哭有何益，能尽力帮助念佛乃于亡者有实益耳。若必欲哭者，须俟命终八小时后。

顶门温暖之说，虽有所据，然亦不可固执。但能平日信愿真切，临终正念分明者，即可证其往生。

命终之后，念佛已毕，即锁房门。深防他人入内，误触亡者。必须经过八小时后，乃能浴身更衣。（前文已言，今再谆嘱，切记切记。）因八小时内若移动者，亡人虽不能言，亦觉痛苦。

八小时后着衣，若手足关节硬，不能转动者，应以热水淋洗。用布搅热水，围于臂肘膝弯。不久即可活动，有如生人。

殓衣宜用旧物，不用新者。其新衣应布施他人，能令亡者获福。

不宜用好棺木，亦不宜做大坟。此等奢侈事，皆不利于亡人。

第五章　荐亡等事

七七日内，欲延僧众荐亡，以念佛为主。若诵经拜忏焰口水陆等事，虽有不可思议功德，然现今僧众视为具文，敷衍了事，不能如法，罕有实益。印光法师文钞中屡斥诫之，谓其惟属场面，徒作虚套。若专念佛，则人人能念，最为切实，能获莫大之利矣。

如请僧众念佛时，家族亦应随念。但女众宜在自室或布帐之内，免生讥议。

凡念佛等一切功德，皆宜回向普及法界众生，则其功德乃能广大，而亡者所获利益亦更因之增长。

开吊时，宜用素斋，万勿用荤，致杀害生命，大不利于亡人。

出丧仪文，切勿铺张。毋图生者好看，应为亡者惜福也。

七七以后，亦应常行追荐以尽孝思。莲池大师谓年中常须追荐先亡。不得谓已得解脱，遂不举行耳。

第六章　劝请发起临终助念会

此事最为切要。应于城乡各地，多多设立。饬终津梁中有详细章程，宜检阅之。

第七章　结语

残年将尽，不久即是腊月三十日，为一年最后。若未将钱财预备稳妥，则债主纷来，如何抵挡。吾人临命终时，乃是一生之腊月三十日，为人生最后。若未将往生资粮预备稳妥，必致手忙脚乱呼爷叫娘，多生恶业一齐现前，如何摆脱。临终虽恃他人助念，诸事如法。但自己亦须平日修持，乃可临终自在。奉劝诸仁者，总要及早预备才好。

（本文系弘一大师一九三三年一月在厦门妙释寺所讲。）

第二辑　华枝春满

浅谈书法

缘起

几位友人及学生都说我的书法好，其实是过誉了。朽人虽爱好书法、音乐等艺术，但自愧生来没有什么天赋，仅天性喜好而已！至于艺术成就，则自视没有少许悟性，所以更没有"成就"可言了。

但几位同好书法之友人一再相邀，几番推迟不得，故只好不揣浅薄，在此与大家妄谈。

为了方便大家了解，我拟从书法流派及其发展简史谈起，以助诸君知其概貌，粗窥书法之历史脉络。

一、五大书体及其流派

书法，顾名思义就是书写文字的规则或方法，用以记录或传递信息，故文字不可不重视。然而，各国的文字，因其产生之年代与认识的不同，故在结构、分布及至章法多不相同；甚至一国文字，因历史变迁之不同，而有不同之形体，故有书体及流派之由来。

古书云"书画同源"，而实际亦如此。以我国汉字为例，即从形象之图画开始的，后来书法成为一门艺术，即是"字如画"或"画如字"，自有它的艺术魅力所在。

自秦汉以来，不少书法名家多为书画大家，甚而融字之法入画，或融画之势入字，颇有开创之大家，故有五体流派之由来。

进而述之——工笔中之人物，其脸或手、或臂、或衣褶，多为玉筋篆的笔法；再者，花卉画中之花、瓣、茎、叶，亦是篆书的笔法，故而线条或流畅柔软，或坚硬如铁，可证以书绘画者也。而绘画之腕力、手势，与书法之力度与技法，亦多有默然相契之处，此为"以画入笔者"之明证也。

若论书体，一般称正、草、隶、篆及行书，共称"五体"。现从发展之次序，首以甲骨文为先，次为钟鼎文、石鼓文、大篆、小篆，以上是"古文"的范畴；而后才有隶、草等体。现简要讲一下它们的历史由来及其流派。

1. 古文

（1）甲骨文

甲骨文为我国最早的文字形式，是以商代和西周早期（约公元前16～前10世纪）的龟甲、兽骨为载体的文献，此为已知的最早的汉语文献形态。

早期，那些刻在甲骨上的文字曾被称为"契文""甲骨刻辞""卜辞"或"殷墟文字"，现通称为"甲骨文"。因商、周时期的帝王，凡诸事多用龟甲或兽骨进行占卜，以察吉凶或定国事，后将占卜之结果刻于甲骨之上以便保存，此即为"甲骨文"之由来。

当然，除占卜吉凶外，甲骨文内容涉及面亦广，如天文、历法、气象、地理、封地、世系、家族、人物、官职、征伐、刑狱、农业、田猎、宗教、祭祀、疾病、生育、灾祸等，故甲骨文是研究我国古代——尤其商代的社会历史、文化及语言文字极为珍贵之资料，已发掘的甲骨文献中的殷商甲骨卜辞，主要是殷墟甲骨。

殷墟甲骨文

殷墟甲骨是商代自盘庚迁殷至帝辛（商纣王）270 余年间的遗物，大多数出土于河南安阳小屯村或其附近。自清光绪二十五年（1899 年）被发现后，大量有字甲骨遭私人滥掘，并为古董家、学者和一些驻中国的外国传教士所收集。1928 年秋才由国立中央研究院历史语言研究所组织人员进行科学发掘。

最早编纂甲骨文献的人是江苏丹徒的刘鹗。光绪二十九年（1903），刘鹗在罗振玉的帮助下，编纂并出版了历史上第一部甲骨文集《铁云藏龟》。因此，研究甲骨文早期贡献最大的是金石学家罗振玉。

当时人们尊尚鬼神，遇事占卜，他们把卜辞刻在龟甲和兽骨的平坦面上，涂上红色标示吉利，黑色标示凶险。这些文字皆用刀刻，字体则大字约一寸见方，小字如谷粒，或繁或简，精致非凡。

（2）金文

比甲骨文稍晚出现的是金文，金文也叫"钟鼎文"。商、周是青铜器的时代，青铜器的礼器则以鼎为代表，乐器以钟为代表，"钟鼎"常常作为"青铜器"之代名词。金文（或钟鼎文）就是指铸在或刻在青铜器上的铭文。

以内容而言，金文的内容多为当时祀典、赐命、诏书、征战、围猎、盟约等活动（或事件）记录，皆反映当时之社会生活。金文字体整齐遒丽，古朴厚重。相对甲骨文而言，化板滞为流畅，变化多且丰富。以字体而言，金文基本上属籀（大篆）体。

周宣王时所铸之《毛公鼎》，上面的金文极具有代表性，其铭文共32行，共497字，是出土之青铜器铭文中最长者。《毛公鼎》铭文的字体结构严整，遒劲流畅，布局不弛不急，字之位置排列得当，是金文作品中之杰出者。此外，《大盂鼎》铭、《散氏盘》铭亦是金文中难得之作。

古文中除殷墟甲骨较为著名外，钟鼎方面有《盂鼎》《小盂鼎》《散氏盘》《毛公鼎》，乃至《三体石经》中的古文。

（3）篆书

"篆"者，依《法书考》解释："篆者，传也，传其物理，施之无穷。"谓为传递事物的信息或道理，可以传承、延绵，以至无穷。

《说文》云："篆，引书也。"谓引笔而书，引书成画，积画成形，形以象字之意也。在六书中，指事、形声、会意、转注、假借皆以象形为基础而来。故象形字为最早之文字形状，亦是篆字的主要特征，此为其一。

篆书特征之二，是其笔画有转无折，一切转弯之笔画，都成圆转而成，无有方折。

此所谓"篆"为广义的"篆"，泛指秦代与秦代以前的各种字体。在漫长的历史演变过程中，经多次的变化，其历史可分三阶段，即：古文（包括甲骨文、钟鼎文等）、大篆（籀书）和小篆。

大、小二篆，虽出自钟鼎甲骨，但依然为原始字体。唐·孙过庭曾在《书谱》中说过："篆尚婉而通。"就是说篆书的笔画必须婉转而通顺；所谓通顺，指转弯的笔画没有方折笔势，而成圆转。

秦时，隶书自小篆中出，渐成新的字体，当时还是隶书的初形。

至汉代时，隶书渐兴，时为以后，此一时期为隶书成熟期、壮年时期，是隶书当道的典型时期。作为实用文字，二篆逐渐退位让于隶书；但作为书法艺术，仍有名家，如汉相萧何所作，时称"萧籀"。后汉篆书名家中有位名叫曹喜的，时称"篆书之工，收名天下"，史书中说他"喜倾慕李斯笔势，少异于斯而亦称善。"此人喜尤工悬针篆、垂露篆与薤叶篆。

另外，后汉名家还有蔡邕，他是《熹平石经》的书写人，著有《篆势》，史书中说他"蔡邕书采斯喜之法，为古今杂形"。此外，许慎工小篆，师法李斯，笔法奇妙，著有《说文解字》14篇，对后世影响极大，承传了篆（籀）书法度，成为后世学习之圭臬，曾被奉为"楷书正误"的标准。后汉著名篆书遗迹中的《嵩山少室》《开母庙》和《西岳庙》三石阙，还有汉碑篆额若干种。

至魏晋南北朝时期，虽楷、行、草等书体均已诞生，而仍不乏篆书名家。如魏时《正始三体石经》上的古文和小篆，可谓汉篆的典型。而

《吴禅国山碑》篆法严整，《天发神谶碑》则由转而折、由圆而方，名为篆书，已显隶书之韵意。晋时的《安邱长城阳王君神道碑》，其篆书笔法多方头尖尾，略带挑法。

此外，宋·范晔工草隶，尤善小篆；梁·萧子云："创造小篆飞白，意趣飘然。"欧阳询评云："萧侍中飞白，轻浓得中，如蝉其掩素。"另，梁·庾元威善作百体书，并作杂体篆24种，这些亦是篆书名家。

唐代之篆书名家首推李阳冰，史书中说他的篆书"变化开阖，如虎如龙，劲利豪爽，风行雨集"。他自己也说过："（李）斯翁之后，直至小生，曹喜、蔡邕不足信也。"唐·吕总说他："李阳冰书若古钗倚物，力有万夫。李斯之后，一人而已。"史书中说他的《乌石山般若台题名》《处州新驿记》《缙云城隍庙记》《丽水忘归台铭》为"阳冰四绝"；另有《李氏三坟记》《唐公德政颂》，以及"听松"二字，都很有名。

五代两宋时期工篆书者亦不少。较著者为徐铉、徐锴兄弟，世称"二徐"（铉为"大徐"，锴为"小徐"）。兄弟二人皆好李斯小篆，造诣颇深。徐铉遗迹有《篆千文》《温仁朗碑额》等。徐锴著有《说文解字系传》40卷，《说文解字篆韵谱》5卷。除"二徐"外，较著者尚有郭忠恕、僧人释梦英等。

郭忠恕，字恕先，书中称他"篆法匹徐铉而诮英么"，著有《汉简》一书；作品则有《重修五代汉高祖庙碑》《怀嵩楼记》等传世。

梦英（僧），衡州人，号宣义，工"玉著篆"，有《千字文》《夫子庙堂记》《妙高僧传序》等传世；著作有《篆书偏旁字源》。

元代时，篆书成就较大者，如赵孟頫、吾邱衍、周伯琦等人。赵

过往不恋
将来不负

孟頫篆书多见于碑额及墓志铭盖。吾邱衍著有《学古编》《三十五举》《周秦石刻音释》《学古编》《印式》等专论"篆法"之著作。周伯琦有《李公岩》《临石鼓文册》等传世，著有《六书正讹》《说文字原》二书。

明代篆书名家中，以李东阳最为有名，其小篆清劲入妙，卓而超群，自成一家。赵宦光根据《天玺碑》而小变其体，创作草篆，颇具个人特色。程南云、景阳、徐霖、陈淳、王谷祥等人亦是有名之书法家，他们多承宋、元遗风。

清代篆书名家则比前代更多，以清康熙时期的王澍为最为有名，此人篆书谦和朴实，一时顿称"无双"。江声的篆书兼石鼓《国山》之遗意，故成一代名家。清乾隆时的洪亮吉、孙星衍、钱坫、桂馥等亦以篆（籀）书著称，而尤以钱坫为杰出。清嘉庆时期，有名家邓琰（石如）崛起，其篆法出入二李（李斯、李阳冰），包世臣在《艺舟双楫》中将其推为"神品第一"。清代篆书名家多笃守阳冰之法，邓琰则一改往习，以隶笔而为篆书，对后世影响极大。清道光年间，黄子高篆法俊健，直追邓琰之风。又有何绍基以颜真卿之笔法作篆，圆融茂密、刚劲有力，终成一格。至清末乃有杨沂孙、泗孙兄弟，二人均从《石鼓》入手，参以钟鼎款识，自谓"历劫不磨"。后有吴大澄，所写篆文平整匀净、凝重简炼，中年以后杂以古籀，另辟蹊径，终成高手。吴芷龄则以汉碑篆额、汉印篆法，参以《开母庙》《国山》《天发神谶》等碑刻，于邓、钱二家之外独树一帜。

此为篆书演变之脉络，所述或许不全，容后来者补之改之可也！

（4）大篆

大篆，起于西周晚年，春秋、战国间通行于秦国，字体与秦篆相近，但字形构形多为重叠；因著录于《史籀篇》，故称"籀文"，籀文是秦统一中国前流行之文字。

《史籀篇》乃用首句为篇名，实非人名。《史籀篇》取多少字已不可知，许慎《说文解字》中举出 220 余个不同的字。

大篆著名碑帖有《石鼓文》《秦么敦铭》。李斯小篆著名遗迹有《泰山刻石》。据传《会稽刻石》和《峄山刻石》亦李斯作品，但传世的据说都是宋郑文宝重刻的南唐徐铉幕本。《琅琊台刻石》传为李斯所书。

《石鼓文》

籀文，又称"石鼓文"，以周宣文时的太史籀所书因而得名。他在原有文字的基础上进行创新，并刻于石鼓上而得名，石鼓文是流传至今最早的刻石文字，为石刻之祖。

隋唐之际，在天兴县（今陕西省凤翔县）发现了十个石碣，样子像鼓，故起名为"石鼓"，上面的文字也因此而称为"石鼓文"。每个石鼓上都刻着一首六七十字的四言诗，据专家考证，这些石鼓乃春秋末年至战国初年的物品，上面的诗是歌颂秦王的；石鼓文为现存最早的石刻文字。

（5）小篆

小篆，又名"秦篆"，因相传为秦国丞相李斯所创，故名。小篆为通行于秦代之文字。其字体形体偏长，匀圆齐整，由大篆衍变而来。东汉·许慎《说文解字·叙》称："秦始皇帝初兼天下……罢其不与秦文合者。（李）斯作《仓颉篇》，中车府令赵高作《爰历篇》，太史令胡毋敬作《博学篇》，皆取《史籀》大篆，或颇省改，所谓'小篆'者也。"今存《琅琊台刻石》《泰山刻石》残石，即小篆代表作。自李斯以后，唐代李阳冰、五代的徐铉、近人邓石如等皆以篆书见长。

自甲骨文、钟鼎文、大篆发展到春秋战国时，各国删繁就简，各行其令，故文字极不统一。秦灭六国后，秦王采纳丞相李斯之意，进行文字改革，故有六国文字统一之事。据记载，参加统一文字工作的人有赵高、程邈、胡毋敬等。但依《说文解字》收列 9353 字，所举须要改革的篆文只有 225 字，所以不能说李斯"创造了"小篆。相传，秦代金、石刻文皆出李斯之手，此为李斯的杰出功绩，其对秦统一文字、简化文字的贡献亦是功德不小。

自周平王于公元前 770 年东迁洛阳（河南）后，五百余年，经历诸侯兼并的春秋时期和七国争霸的战国时期；语言方面，则出现了"言语异声""文字异形"的现象。据史料记载，只"宝"字的写法，当时就有 194 种不同形态；"眉"字的写法也有 104 种；"寿"字的写法亦在百种以上。这些异形的文字，有的字体柔婉流动、疏密夸张，有的体势纵长、结构怪异，此为书法艺术新的里程碑。

公元前 221 年，秦始皇统一天下，为了便于统治，故在文字上实行了"书同文字"的政策，"罢其不与秦文合者"。秦文是沿袭西周的文化传统，在"金文""籀文"（大篆）基础上发展起来的一种书体，故秦文又称"秦篆"，后人又用"小篆"称之，以区别于"大篆"。

秦代刻石保存小篆书迹稍多，以秦始皇所立诸石最为重要，《琅琊台刻石》《泰山石刻》及其拓本残存《始皇廿六年诏》等最能见其真相。

《峄山刻石》是秦篆（即小篆）的代表之作，字的点划均为线条，粗细一致，圆起圆收；字体端庄严谨，有实有虚，疏密得当，显得从容平和，而且刚劲有力，故后人有评云"画如铁石，千钧强弩"。《峄山刻石》的字结构上紧下松，垂脚拉长，有居高临下的俨然之态，似乎读者须仰视而观；在章法上行列整齐，规矩和谐。秦刻石在总体上从容、俨然、强健的艺术风范与当时秦王朝的时代精神是统一的。《峄山刻石》原石被后来三国时期的曹操登山时毁掉了，但留下了碑文。

小篆字体，当以秦刻石为代表。据《史记·秦始皇本纪》记载，秦始皇曾经在东巡中立了六块碑刻。今所存者仅《泰山石刻》《琅琊台刻石》两种，秦刻石传为出自李斯之手。

《泰山石刻》为前 219 年时所刻，原石毁于清乾隆五年（1740 年），今存十字，其书笔画俭约，结体规矩典雅。

《峄山刻石》今所传者为宋·郑文宝所摹刻，《峄山刻石》翻刻的有很多，而尤以郑氏为最精。以上诸碑是秦篆的典型，其特点是用笔匀净、劲瘦，提笔疾过，圆融峻俨，其笔法又有"玉筋""钗骨"之说，所以秦篆又称"玉筋篆"。

2. 隶书

隶书，又称"隶文""隶字"，是我国自有文字以来第二大书体。因原来用以辅助篆书，故又称"左书""佐书"或"佐隶"，此几种叫法随着隶书取代篆书而逐渐不用。

古时，书家多谓隶书是秦·程邈所创，直到近代方才认为隶书是自然演变而来的。隶书从秦代开始，经长期发展、演化，至东汉末年进入成熟期，这时楷书也逐渐出现。东汉末年，钟繇任黄门侍郎之职，他能写隶、楷、行、草诸体，尤善于楷书。他所书之楷体，世称"开创了由隶到楷的新貌"；而此时楷书已渐占统治地位但隶书作为一种书法、一种艺术，仍为世人所喜爱，故能流传至今。

随后，隶体不断地变化发展，其书体之特征为：笔画比篆书复杂而多变，不但有横、直、折、勾，还出现点、戈、撇、捺；笔法是方圆并用，方多于圆；逆锋、藏锋、回锋兼施；行笔是中锋、偏锋都有或同时存在；其笔法的典型特点是有波势、用挑法，即平常所说的"蚕头凤尾"，字的形状也由长而为扁平。

隶书从秦隶到汉隶，最后又过渡到唐隶，其间还经过众说纷纭的"八分"，如后所述。

清代以隶书著称者有郑簠、陈恭尹、顾蔼吉、桂馥、邓琰（石如）、黄易、伊秉绶、陈鸿寿、赵之深、何绍基、俞樾、徐三庚等人；其中，郑簠、陈恭尹、顾蔼吉为专工隶书者；而桂馥、邓琰、黄易、伊秉绶、陈鸿寿、徐三庚等人篆字亦不亚于他们的隶书成就；至于邓琰（石如），虽以篆刻著称，而其所写隶书苍劲浑朴、卓尔超群，所自成一家，是隶书中难得一见之珍品。

（1）秦隶

早期的隶书，因初脱胎于小篆，故虽比小篆简洁，但仍保留篆书的较多笔势、笔意，其字多是半篆半隶、浑然一体，用笔变圆为方折，多用中锋圆笔，此时的隶书尚无波、挑，保存了篆字细长的字形，章法参差交错，变化随意而为，不受界格之所局限，如《秦权》《云梦秦简》或西汉时的碑刻。

（2）汉隶

此时的隶书，已是发展成熟的隶书，为隶书的典型时期。一般所谓"隶书"，多指这一时期的隶书。已完全摆脱篆书笔意而成全新之书体，其主要特色为"波磔披拂，形意翩翩"；用笔"藏锋逆入""逆入平出"或"翘首举尾，直刺邪掣"，多为"蚕头凤尾"势；笔画有粗有细，轻重相应；字形亦由长方而成方扁。

隶书，以汉隶为主体；汉隶，则以后汉时的隶书为准则。在后汉隶书中，有名的碑刻很多，如《斐岑纪功碑》《西狭颂》《夏承碑》《张迁碑》《子游残碑》《鲜于璜碑》《礼器碑》《曹全碑》《熹平石经》《史晨碑》《石门颂》《杨淮表记》《苍颉庙碑题铭》等，这些碑刻风格不同、笔法互异，按其笔法大致可分"方笔""圆笔"两大类；但按其风格、神韵，则可分为五大流派：

①如《乙瑛碑》《史晨前后碑》《礼器碑》《华山庙碑》等属"圆润瘦劲、端整精密"的一派，以"法度谨严、笔意飞动"见称，乃隶法之正宗。

②如《曹全碑》《孔宙碑》《孔彪碑》等属"秀丽工整、圆静多姿"的一派，是汉隶中之精品。

③如《张迁碑》《鲜于璜碑》《西狭颂》《衡方碑》等属于"方整宽

厚、峻宕雄强"的一派，为隶书中之佳作。

④如《石门颂》《杨淮表记》《封龙山颂》《开通褒斜道石刻》等属"风神纵逸、气势奔放"的一派，亦难得之石刻。以上各碑，除《封龙山颂》外皆为摩崖石刻；而花岗石石质坚硬，颗粒较大，虽无法刻得秀丽严谨、粗细有形，然而恰能体现隶书"飘逸奔放"的风格。

汉隶代表作《张迁碑》

⑤又如《郙阁颂》《夏承碑》《君子残石》等属"意态奇古、气度宽阔"的一派，亦是难得一见的书法作品，多为书法家所爱。

3. 楷书

楷书，即楷体书法，是从汉末、魏晋时起直至近代广泛通行的书体，是我国第三大书体。

楷书，又称"正书""真书"。楷有"楷模""法度""标式"等义，最初用以称呼书体。晋·卫恒《书势》云："上谷王次仲，始作楷法。"所说

"楷法"为"八分楷法"，即间乎隶、楷之间的"八分"书体；近世所谓的"楷书"，非指"八分楷法"，乃指脱尽隶笔、隶意的正书楷体，故楷体又称"正书"。从形成的角度讲，钟繇所写的楷字即是"正书"，虽他的字尚有隶书的笔意在，但说楷书起自汉末也是可以的。

楷书之特征有三：其一，笔画端正，结体整齐，工妙在点、画，神韵体现于结体——楷字多平正齐整、端庄大方、结构严紧，正如宋·苏轼所说，"大字难于结密而无间，小字难于宽绰而有余"，故楷书"严整而不失飘扬、犀利刚劲而似飞动"。其二，笔画有规律可求——如"永字八法"即是习楷之范例，故有规律可寻，即一切楷书的笔画皆可纳于"八法"之中。其三，起止三折笔——"运笔在中锋"是楷书的典型笔法，运笔中锋，则字多遒润。

楷书的体势和风格流派较多，然就其基本规格而言大同小异。其小异可分为三。一是肥、瘦之分：肥厚者如颜体，瘦挺者如柳体；尚有极瘦者，如瘦金书。二有长、方之别：正方者如褚体，长方者如欧体。三是朴、媚之异：淳朴者如虞体，妩媚者如赵体。

楷书的著名流派，多出现在魏、晋、唐、宋之间，后分为南、北两大体系：

南系楷书的著名流派，首推钟、王，此为魏晋时期楷书开宗立派之主要代表。钟即钟繇，王指二王："大王"王羲之，"小王"王献之。钟、王的楷书，秀丽挺拔，备尽法度。钟繇的《宣示表》，王羲之的《黄庭经》《乐毅论》，王献之的《洛神赋十三行》，都是他们的著名墨迹。钟、王之后，欧（阳询）、虞（世南）、褚（遂良）、薛（稷）相继于后；其次，又有颜（真卿）、柳（公权）、赵孟頫书法家横空出世，这些书法大家多有自创、终成一家风格。后世所说的"欧体""颜体""柳体"即是指他们的楷书风格而言。

北系楷书的著名流派源自魏时的碑帖。魏碑，乃是界乎隶、楷之间的一个流派，亦是重要的楷书体系，是书法中珍贵之宝藏。最早以索靖为代表，而后方形成"北系"书法体系。北系楷书的书法遗迹主要是石刻碑铭，且多没有记载书写者姓名，因此北系楷书不是依书法家的风格而定，而是以碑帖名称来区分流派，传世碑帖中，最为有名者有《谷朗碑》《郑文公碑》（魏）、《张猛龙碑》（魏）、《龙门造像诸品》（魏）等。另，除魏碑外，尚有少量晋碑及南朝宋、梁时碑，如《爨宝子碑》（东晋）、《爨龙颜碑》（南朝宋时）、《瘗鹤铭》（南朝梁时）、《石门铭》（魏）、《张玄墓志》（魏）。至清代时，有书家阮元首倡碑学，包世臣继之，近人康有为接踵而起，大兴"尊碑卑唐"之风，故而使碑学大盛。

（1）欧体

为欧阳询所创，其字正书结构，"易方为长，以就姿媚""四面停匀、八方平正""书如凌云台，轻重分毫无负""笔备众美，翰墨洒落"，此即史书所说欧体之风格，欧体著名碑帖有《九成宫醴泉铭》《皇甫碑》《化度寺碑》。

（2）虞体

为虞世南所创，其字偏长，略同于欧体，字形工整齐备、不倾不倚，法遵"二王"（王羲之、王献之），严谨洒脱，如《孔子庙堂碑》。

（3）褚体

为褚遂良所创，其书丰润劲炼、清远古雅，用笔方、圆兼容，间含隶意；结体婉畅，用笔多变、中侧兼收、顺逆并用，其书对后世影响极大。著名碑帖有《孟法师碑》《大字阴符经》《雁塔圣教序》等。

（4）薛体

为薛稷所创，其书得欧、虞、褚、陆之遗风；其师承血脉近于褚遂良。此人用笔纤瘦有力，结字疏通流畅。著名碑帖有《封中岳碑》《郑敞碑》《杳冥君铭》等。

（5）颜体

为颜真卿所创，其字探源篆隶，楷法谨严，放而不流，拘而不拙，结字方圆，笔法肥劲，如《多宝塔碑》《东方画赞》《勤礼碑》《麻姑仙坛记》《颜氏家庙碑》。

（6）柳体

法出颜真卿，后独创一格、自成一家，其字笔意瘦挺，体势骨力遒劲、爽利挺秀。著名的碑帖有《玄秘塔碑》《神策军碑》等；尤其是《神策碑》，可看出柳字与颜字之间的关联或渊源。

（7）赵体

为赵孟頫所创，世称"赵体"。其字以"风流、和婉"著称，其书风道媚秀逸、和婉适中，结体严整、笔法圆熟；著名碑帖有《妙严寺记》《三门记》《妙法莲花经》《信心铭》等。

宋代楷书，首推蔡襄。蔡襄，宋代杰出书法家，"宋代四大家"之

过往不恋
将来不负

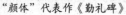 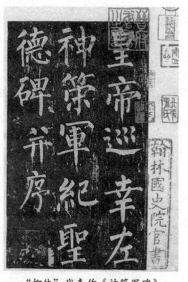

"颜体"代表作《勤礼碑》　　　"柳体"代表作《神策军碑》

一。其书风格意取晋、唐，恪守法度，以神佳为度，讲究古意，书云"端劲高古，容德兼备"，为开启宋代书派主流之代表。蔡襄之字师法蔡邕、崔纾，后崛然独起。初学周越，其字变体出于颜真卿；年轻时，基明劲有力，晚年则回归淳朴恬淡、婉美妍媚；他的大字端庄沉着，小字则秀丽多姿。大楷作品有《洛阳桥记》《有美堂记》《昼锦堂记》等；小楷如《茶谱》《集古录序》等。

宋徽宗赵佶，正书笔势劲逸，初学薛稷，后变其法度，独创一格，自号为"瘦金书"，对后世楷书亦有较大影响。

元代著名书家赵孟頫，善篆、隶、真、行、草书，尤以楷、行书著称于世。

明代楷书较著名者有董其昌，他初学颜、虞，后改钟、王，后终成一家。

清代楷书名流有钱沣、何绍基，其楷法皆学颜真卿。钱沣之字，结体严整，气势雄伟；何绍基之字则体势道劲，气势流畅，此二人对清代楷法影响较大。

以上为楷书之简要脉络。

前文所谈楷书碑帖，多以大楷、中楷为主；而小楷名帖则较少，主要有钟繇的《荐季直表》；王羲之的《东方朔画赞》《乐毅论》《黄庭经》《曹娥碑》；王献之的《洛神赋十三行》；钟绍京的《灵飞经》；赵孟頫的《道德经》；文徵明的《醉翁亭记》《雪赋·月赋合册》等。

4. 草书

草书，即草体书法。草为"草创""草藁"之意，章草和今草为草书的两大主要流派，代表其发展之两大阶段。

（1）章草

章草由隶书演化而来，沿用隶书章法，横画上挑，左右波磔分明。"笔有方圆，法兼使转"，结体"古雅平正、内涵朴厚"。唐·孙过庭于《书谱》中说，"章务险而便"。唐·张怀瓘在《书断》中说："此乃存字之梗概，损隶之规矩，纵任奔逸，赴速急就。"可见章草就是隶书过渡到草书之特有形态，或称"隶草"。

章草著名的碑帖有西汉·史游的《急就章》、东汉·张芝的《秋凉平善帖》、东晋·王羲之的《豹奴帖》，西晋·索靖的《出师颂》也是章草精品；另有西晋·陆机的《平复帖》，西晋·索靖的《月仪》《载奴》帖也颇可观。自今草兴起后，章草势微，传世的有唐·褚遂良的《黄帝阴符经》等。

（2）今草

今草由章草演变而来，此时已完全脱离章草之隶书痕迹，故字更显潇洒、奔放和流畅。今草流派较多，大致可分为三支：

①小草。唐·孙过庭在《书谱》中说："草贵流而畅。"故小草特征以"流注、

王献之作《中秋帖》

顺畅"为主；运笔多用转法，故字多显"韵媚、婉约"，而法度较为谨严，字字区分，不作连续带笔，意态飞舞奔放、随意流畅。著名碑帖以孙过庭《书谱》为代表，故小草派又称"书谱派"。另有隋·智永《千字文》亦是有名的代表作。

②大草，又名"狂草"。唐·张怀瓘在《书断》中说："字之体势一笔而成，偶有不连，而血脉不断，及其连者，气候通其隔行。"所以"大草"又名"一笔书"。其特点是于小草笔法之上，进而成为"字字相连、体势连绵"的笔势，其字笔意奔放、变化万千、首尾呼应，故气势贯串一体、融会一如。著名碑帖有张芝的《知汝殊愁帖》，张旭的《肚痛帖》《古诗四首》，怀素的《自叙帖》《食鱼帖》，都是大草或狂草的典型作品。

③行草即草书、行书夹杂之字体，其早期形态为"藁书"（即"相闻书"），一般用于尺牍。王愔云："藁书者，若草非草，草行之际。"故知"藁书"为草书发展之过渡形态，后来发展成草、行书并用，其特

点为"行草夹杂、用笔秀丽，字不连绵但神气贯通"。如王羲之的《快雪时晴帖》《行穰帖》，王献之的《中秋帖》《送梨帖》即是典型墨迹。

后世草书名家，有宋·苏轼《醉翁亭记》、黄庭坚《诸上座帖》、米芾《草书九帖》、蔡襄《草书二诗帖》，明·祝允明《前后赤壁赋》、文徵明《滕王阁序》等，明末清初的王铎则一反常规、另辟蹊径，后自成一家，其章法影响后世亦大。此等大家于草书上造诣颇高、别具一格，为草书之代表人物。

5. 行书

行书，即行体书法，亦名"行押书"，行书从楷书演化而来。唐·张怀瓘云："务从简易，相间流行。"宋·姜夔《续书谱》云"行出于真"，行书特征是"非真非草"，介乎真、草之间。从楷书到今草，较自然形成了行书。宋代的《宣和书谱》中就有"真几于拘，草几于放，介乎两间者，行书有焉"之语，可知行书之特征。

二、历代书法家及其作品

前面，我们就五大书体以及它们的流派讲述了一番。接下来，我们再以年代划分，分别讲述一下各个朝代的书法特色，以及同时代的书法名家，并就他们的代表作品略加评述，以增趣味。

1. 两汉时期

我国秦汉时期，汉字的变迁更为剧烈也最为复杂，大篆经过省改而创造了小篆，李斯所书《泰山》《琅琊》《峄山》等石刻，即是"小篆"典型。另外，隶书发展成熟，草书发展成章草，行书和楷书也亦萌芽。书法家可谓人才辈出，此一时期的书法成就影响后世极为深远。

秦汉书法遗存今天的有帛书、简牍书，还有壁画、陶瓶及碑上的刻字。汉代的石碑艺术在这一期间取得了辉煌的成就。西汉碑刻虽少，而东汉则有"碑碣云起"之兴盛现象，可见书法在当时的成就。这一时期出现不少好的石碑，如以《张迁》为代表的"方劲古朴类"；以《曹碑》为代表的"飘逸劲秀类"；以《礼器碑》和《前史晨碑》《后史晨碑》为代表的"端庄凝练类"等著名的碑铭。

至汉时，篆、隶、章草均有成绩，如此时已显露行书、正楷的端倪；而且，由于书法艺术在秦汉时代的昌盛，在这一时期的篆刻作品亦是十分精美的，并出现了各种印章。

（1）史游

史游，西汉元帝时人，官至黄门令。曾解散隶体而求速书，但存字的梗概，损隶书的规矩，但求书写纵任奔逸，而大胆打破隶书书写之章法，因作《急就章》，故后人称其书体为"章草"。因草创而成的字体，故称"草书"。

《急就章》，汉·史游撰。唐·张怀瓘在《书断》中说："章草者，汉黄门令史游所作也。"王愔说："汉元帝时史游作《急就章》，解散隶体，汉俗简惰，渐以行之是也。"

其书自始至终，无一复字。文词雅奥，亦非后世蒙学诸书所可及之。旧时曾有曹

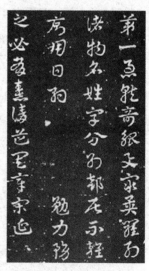

史游作《急就章》

寿、崔浩、刘芳、颜之推《注》，今皆不传，唯颜师古《注》一卷存世。后有王应麟补注之，厘为四卷。

《急就章》今本 34 章，此书不是简单地把许多单字放在一起，而是有意识地加以组织，按姓名、衣服、饮食、器用等分类变成韵语，多数为七字句，这样学童在学习认字的同时还能增长各方面的知识。全书取首句"急就"二字作为篇名，"急就"就是速成的意思。这是一本速成的识字课本，全书共收 2016 字，没有重复的句子，文辞雅奥，是后世蒙书少能匹及的。

从周秦到汉中叶，可以说是以《史籀篇》为代表的蒙学教材流行时期。从汉中叶到南北朝时期，史游的《急就章》盛行，是当时主要使用的蒙学教材。而"自唐以下，其学渐微"，《急就章》的主流地位渐被新出的《千字文》所替代了。

汉代时期，先合秦代《苍颉》《爰历》《博学》等三书为《苍颉篇》，作为蒙学教材。后来又有《凡将篇》（司马相如作），《急就章》（史游作）、《元尚篇》（李长作）、《训纂篇》、（扬雄作）等书先后问世；后来又把《苍颉篇》《训纂篇》《滂熹篇》合为一书，称为《三苍》（也称为《苍颉》），这些书都是汉初《苍颉篇》的继续和发展，而《苍颉篇》文字又取自《史籀篇》。

颜师古本比皇象碑多 63 字，而少"齐国""山阳"两章，只有 32 章。王应麟在《艺文志考证》中以为此二章起于东汉，或许最为精确。其注考证广泛，足补师古之缺。别有黄庭坚本、李焘本、朱子越中本等，诸本字句小有异同；但王应麟所注，多从颜（师古）本，以其考证精深，

过往不恋
将来不负

较他家更为有据可证罢。

（2）钟繇

钟繇，字元常，颖川长社（今河南长葛东）人。他工于书法，师承曹喜、蔡邕、刘德升，博采众长，融会贯通，各体兼能，尤精于隶书和楷书。

他的书法从学习汉隶入手，但改进了"蚕头凤尾"的写法，使字形更为方正平直、简单易写，点画颇多奇趣，结体茂密修长、飘逸萧疏，已具楷书面貌，他也因此成为汉字由隶入楷的主要代表人物，故后人有奉他为"楷书之祖"者；他与张芝、王羲之齐名，故并称为"钟、张"或"钟、王"，梁武帝萧衍评其书："如云鹄游天，群鸿戏海，行间茂密，实亦难过。"

钟繇的书法真迹早已失传，我们现在所能看到的都是后世临摹本，《荐季直表》和《宣示表》是摹刻中的佼佼者，从中可以看出钟繇书法的精神与意趣。此二表布局空灵，结体疏朗，字形略扁，带有隶书的痕迹，虽结体、法度尚有不成熟之处，似不如晋、唐楷书那般工整端正，但天真无邪、古朴盎然，自有妙不可言处，故为后人所推崇。

钟繇在书法上下过大苦功，曾自称："吾精思书学三十年，坐与入语，以指就座边数步之地书之，卧则书于寝具，具为之穿。"可见其矢志于学。相传，有一次他在著名书法家韦诞家中看见一篇蔡邕论笔法的文章，苦求不得，以至到后来"捶胸吐血"，还是曹操用"五灵丹"救活的；等到韦诞死了之后，"繇阴发其冢，始得之，书遂大进"，可见他对书法的执著和专一。他能书写隶、楷、行、草等各种字体，尤其善长楷书，开"由隶到楷"之新面貌。

他的楷字较扁，近似隶书，笔画清劲遒媚，结构茂密，笔画峭薄修长。今存《宣示表》《荐季直表》《贺捷表》《还示帖》《力命表》《墓田丙舍》《调元表》等帖，为晋、唐时的临摹本。

他的书法"丰润有致、刚柔相济，且古雅幽深，备尽法度"，被誉为"秦汉以来，一人而已"，甚至后人奉他为"楷书之祖"。

钟繇的书法主要学曹喜、刘德升和蔡邕；他的正楷书法独步当时，自言"精思学书三十年"；其所作字体，秀美典雅、幽深无际，故能超人一等。

他所处年代正是隶、楷交错变化之时，正如元·袁裒《总论书家》中所说的那样："汉魏以降，书虽不同，大抵皆有分隶余风，故其体质高古。"因此，在他的楷书之中带有浓厚的隶书意味。

他的小楷书法，体势微扁，行间茂密，点画厚重朴实，笔法则清幽俊劲、醇古简静，质地淳朴。唐·张怀瓘在《书断》中评他："真书古雅，道合神明，则元常第一。"又说："元常真书绝妙，乃过于师，刚柔备焉。点画之间，多有异趣，可谓幽深无际，古雅有余，秦、汉以来一人而已！"

他的书法绝妙无比，后世对他的书法推崇极高。

钟繇作《荐季直表》

对于钟繇的书法，历代多有评论，王僧虔说："钟公之书，谓之尽妙。钟有三体，一曰铭石书，最妙者也；二曰章程书，世传秘书教小学者也；三曰行押书，行书是也。三法皆世人所喜。"唐·张怀瓘称他"真书绝妙，幽书绝妙，古雅有余"。《书法正传》云："钟繇书法，高古淳朴，超妙入神。"南朝·羊欣在《采古来能书人名》中称："钟书有三体，一曰，铭石之书，最妙者也；二曰，章程书，传秘书教小学者也；三曰，行押书，相闻者也，三法皆世人之所善。"梁武帝萧衍在《古今书人优劣评》中称其书法如"云鹄游天，群鸿戏海，行间茂密，实亦难过"。

另有《荐季直表》，传为钟繇作品中唯一有墨本传至今之作品。该表书于魏黄初二年（公元221年），时钟繇已七十，内容为推荐旧臣关内侯季直的表奏。此帖笔法"古雅茂密、渊懿错落"，为难得之书法精品，又因刻于石上，故有"自华氏之有刻印，而天下之学钟书者不知有《淳化阁帖》"之誉。

他的真迹已无存世，宋以来法帖中所刻的作品，如《宣示表》《贺捷表》《荐季直表》《力命表》《墓田帖》等，都是后人临摹之作。

2. 魏晋南北朝

(1) 王羲之

王羲之，东晋杰出书法家，字逸少，琅邪临沂（今属山东）人。出身贵族，为王旷之子，王导之侄。官至右军将军、会稽内史，人称"王右军"，后辞官隐居于会稽山阴（今浙江绍兴）。

工书法，初从卫铄（卫夫人）学书法，后见前代书法名家如李斯、钟繇、蔡邕等人的墨迹，无不用心揣摩，后博采众长，取诸体之精华为己所用；此后，师法张芝、钟繇。他善增损古法，变汉、魏朴质之书风，而创妍美流畅之新体。后世评者以为，其草书"浓纤折衷"，楷书"势巧而形密"，行书则"遒美劲健，富于变化，又不失天然真趣"，故其书为历代学书者之所宗，对后世影响极大，故有"书圣"之誉。

王羲之楷书，小楷代表作有《乐毅论》《黄庭经》（亦称《换鹅帖》）等；草书的代表作有《十七帖》《桓公帖》《朝廷帖》《宰相帖》《司徒帖》《中书帖》《侍中帖》《尚书帖》《司马帖》《太常司州帖》《护军帖》《十一月帖》等。《淳化阁帖》中收有他的书法字帖共计 159 帖，多为行草夹杂。

王羲之行书代表为《兰亭序》《快雪时晴帖》等，后世刻石者和临摹者很多；宋时刻石多达数百种。其他行书法帖也很多，现将较著名的帖子列目如后：《奉橘帖》《诸弟帖》《快雪时晴帖》《从弟帖》《丧乱帖》《曹娥帖》《二谢帖》《诸贤子帖》《频有哀祸帖》《贤女帖》《伯熊帖》《此

王羲之作《快雪时晴帖》

月帖》《阮公帖》《六月帖》《蔡家帖》《九月帖》《家中帖》《十月帖》《夫人帖》《三月帖》《贤弟帖》《快雨帖》《夏日帖》《平安帖》《极寒帖》《奉告帖》《州民帖》《小佳帖》《旧京帖》《悉佳帖》《安西帖》《伯慰帖》《山阴帖》《叙慰帖》《水兴帖》《廓然帖》《建安帖》《遣书帖》《瞰豆帖》《省书帖》《慈颜帖》《宿昔帖》《青李来禽帖》。

王羲之有关"书论"的著作不少，传世的有《题卫夫人（笔阵图）后》《书论》《笔势论》《用笔赋》《记白云先生书诀》等。这些"书论"曾载于唐·张彦远的《法书要录》、韦续的《墨薮》，宋·朱长文《墨池编》、陈思《书苑菁华》，明·汪挺《书法粹言》，清·冯武《书法正传》等，影响较大。

《兰亭序》是行书法帖，又名《兰亭宴集序》，为东晋穆帝永和九年（公元 353 年）三月三日，王羲之与谢安、孙绰等人集会于山阴（今浙江绍兴），其时与会人等各抒情怀，畅作诗篇，后羲之为作序文是也。《序》中记叙兰亭之美及聚会欢乐之情，以及对生死无常的感慨。

王羲之生前，特别重视《兰亭序》，去世后，由子孙传藏，传至王羲之七世孙智永（僧），因为无嗣，交绍兴永欣寺和尚、弟子辨才手里保存；后到唐太宗李世民手中，唐太宗死时，随葬入唐昭陵；五代时，一名叫温韬的人发掘昭陵而得，致使《兰亭序》真迹不知去向。因此序书法极美，故为历代书家之所推崇，后世誉为"行书第一"。

存世本中，唐摹墨迹以"神龙本"为最著，故称为《兰亭神龙本》。此本幕写精细，笔法、墨气、行款、神韵，都将羲之之笔韵和意境体现得淋漓尽致，为公认的最好摹本。石刻本则首推"定武本"。

《兰亭序》表现了王羲之书法艺术最高境界，此序将作者之气度、胸襟、情愫、感怀皆表现于字里行间，是难得之佳作。古人称王羲之的行草如"清风出袖，明月入怀"，堪称绝妙之喻。

《快雪时晴帖》为王羲之所书。其帖行书四行，字体流利秀美、灵动潇洒，唐·张怀瓘在《书断》说："逸少秉真行之要，子敬执行草之权；父之灵和，子之神骏，皆古今之独绝也。"又说他："右军开凿通津，神模天巧，故能增损古法，裁成今体，进退宪章，耀文含质，推方履度，动必中庸，英气绝伦，妙节孤峙。"

清·乾隆一生酷爱书法，刻意搜求历代书法名品，他对此帖极为珍爱，在帖前题写了"天下无双，古今鲜对。"全帖二十八字，字字珠玑，誉为"二十八骊珠"。他把此帖和王珣的《伯远帖》、王献之的《中秋帖》（号为"晋人三帖"）并藏于养心殿内，并御书匾额"三希堂"，视为稀世瑰宝；乾隆十二年又精选内府所藏魏、晋、唐、宋、元、明书家134家真迹，包括"三希堂"在内，摹刻于石上，命名为《三希堂法帖》。

（2）王献之

王献之，东晋杰出书法家，字子敬，小字官奴，王羲之的第七子；官至中书令，曾于病时让族弟王珉代行"中书令"之职，故世称王献之为"王大令"，王珉为"王小令"。

王献之工书法，善楷、行、草、隶各体，尤以行草著名。其书法，在继承张芝、王羲之的基础上另创新法，用笔外拓（开廓），俊迈而带逸气，故有"破体"之称。南朝宋、齐、梁间人多宗其体；唐、宋以来的书家也多受其影响。王献之继承父学，且进一步独创天地，字画秀媚、妙绝时伦，以至与父齐名，人称"二王"。

墨迹著名者，有行书《鸭头丸帖》，小楷《洛神赋十三行》。草书有《玄度帖》《前告帖》《吾当帖》《侍中帖》《马侍御帖》《裴员外帖》《裴九帖》《崔十九帖》《八月帖》《十二月帖》（即《中秋帖》）、《秋冷帖》《秦中帖》《数月帖》《远书帖》《岁尽帖》等。行书有《诸舍帖》《东山帖》《舍内帖》《黄门帖》《东园帖》《李参军帖》《荐王德祖帖》《山阴帖》《冠军帖》《外甥帖》《鹅群帖》《如意帖》《二十九日帖》《卫军帖》《地黄汤帖》等。

《洛神赋》是王献之的小楷代表作品，据说王献之喜好书写《洛神赋》，写了不止一行，而是十三行，故有此书。从《洛神赋十三行》中可看出，王献之的楷书笔法已不带隶意，字形也由横势变为纵势，是完全成熟之楷书作品。

此帖中字，用笔挺拔有力，风格秀美圆润，笔力遒劲有力，气蕴神采飞扬，字体匀称和谐、变化自然。王献之的楷书与其父王羲之相比有所不同：羲之的字含蓄，运用"内擫"手法；而献之的字神采外露，多运用"外拓"手法。其父子二人的字对后代皆产生过深刻影响。

宋·董逌《广川书跋》说："子敬《洛神赋》，字法端劲，是书家所难。偏旁自见，不相映带；分有主客，趣向严整。与王羲之《黄庭经》《乐毅论》相比，一反遒紧缜之态，神化为劲直疏秀。"

王献之曾在十五六岁时劝其父亲"宜改体，且法既不定，事贵变通，然古法亦局而执"，可见其对书法之极深感悟。

他的真迹已不复存在，今世所见为南宋·贾似道所刻石本，因石色如碧玉，故称"碧玉十三行"。王献之所书《洛神赋》，体势秀逸俊丽，笔致洒脱自然。清·杨宾在《铁函斋书号》中评为"字之秀劲圆润，行世小楷无出其右"。梁武帝《古今书人优劣评》称"王献之书绝众超群，无人可拟，如河朔少年，皆悉充悦，举体沓拖而不可耐。"唐·张怀瓘在《书断》中论其行草为："兴合如孤峰四绝，迥出天外，其峻峭不可量也。尔其雄武神纵，灵姿秀出，威武冲之智，卞庄子之勇，或大鹏抟风，长鲸喷浪，悬崖坠石，惊电遗光。察其所由，则意逸乎笔，未见其止。盖欲夺龙蛇之飞动，掩钟张之神气。"

王献之的字虚和简静、神朗气清、灵秀流美，与文章清虚脱俗的内涵极为和谐，故后人奉《洛神赋十三行》为"小楷之极则"。

他的行书以《鸭头丸帖》为最著，体现了王献之的行书笔法，其行笔如急风骤雨，结体又疏朗有致、顾盼生姿，能寓秀美于奇险之中，是书家之所敬服处。

3. 隋唐五代

(1) 欧阳询

欧阳询，唐初杰出书法家，字信本，乳名"善奴"，潭州临湘（今湖南长沙）人。官至太子率更令，世称"欧阳率更"；唐太宗时授"弘文馆学士"。

工书法，初学王羲之，后兼学王献之，所写书法劲险刻厉、刚劲有力，于平正中突显险绝，后风格自成一家，世称"欧体"，对后世影响很大；他与虞世南、褚遂良、薛稷三人并称为"唐初四大家"。

书体碑刻较著名的，楷书有《九成宫醴泉铭》《化度寺碑》《皇甫碑》

《虞恭公碑》《温彦博墓志铭》等。行书墨迹有《张翰》《卜商》《梦奠》等帖。其文学著作，编有《艺文类聚》100卷行世。

其字正书"易方为长，以就姿媚""四面停匀、八方平正""书如凌云台，轻重分毫无负""笔备众美，翰墨洒落"，此即史书中所说"欧体"风格。

《九成宫醴泉铭》立于唐贞观六年（公元632年），楷书24行，每行49字。此碑用笔方整，且能于方整中见险绝，字画的安排紧凑，匀称，间架开阔稳健。明·陈继儒曾评说："此帖如深山至人，瘦硬清寒，而神气充腴，能令王者屈膝，非他刻可方驾也。"明·赵涵在《石墨镌华》中称此碑为"正书第一"。

欧阳询作《九成宫醴泉铭》

《九成宫醴泉铭》是欧阳询的代表作之一。铭文由魏徵撰，记载了唐太宗在九成宫避暑时发现涌泉的事由，后欧阳询奉敕而书。原碑24行，每行49字，传世最佳拓本是明·李琪旧藏宋拓本。

此碑书法，高华庄重，法度森严，笔画似方似圆，结构布置精严，局部险劲而整体端庄，无紊乱夹杂处，亦无松弛感。唐人评其书为"森森然若武库矛戟""有龙蛇战斗之象，云雾轻笼之势"。

元·虞集题此碑时说："楷书之盛，肇自李唐，若欧、虞、褚、薛尤其著者也。余谓欧公当为三家之冠，盖其同得右军运笔之妙谛。观此帖结构谨严，风神遒劲，于右军之神气骨力两不相悖，实世之珍。

但学《兰亭》面而欲换凡骨者，曷其即此为金丹之供！"明·王世贞对此碑亦评云"信本书太伤瘦俭，独《醴泉铭》遒劲之中不失婉润，尤为合尔。"

欧阳询书法用笔方整，略带隶意，笔力刚劲。清·包世臣曾说："欧字指法沉实，力贯毫端，八方充满，更无假于外力。"故知欧体字强调指力，所写笔画需骨气内含、结实有力，每一笔画需轻重得体、长短适宜，得"中实"之趣方好；其字主笔多向外延伸，显中宫紧密严谨，尤其右边之竖笔，常向上夸张延伸，更显其超人之胆识，这些皆为"欧字"用笔独特之处。

在欧阳询之作品中，《化度寺碑》少其变化之丰，《温彦博墓志铭》逊其温润之势，独此碑寓险峻于平正之中，融丰腴于瘦硬之内，含韵致于法度之外，兼纳南派和雅与北派雄劲。

《九成宫醴泉铭》是欧阳询75岁时的作品，最能代表他的书法水平。《宣和书谱》誉之为"翰墨之冠"；元·赵孟頫说："清和秀健，古今一人。"

（2）虞世南

虞世南，唐书法家，字伯施，越州余姚人，工书法，亲承王羲之七世孙智永传授，妙得其体。所书笔致圆融遒逸，外柔内刚，风神潇洒，骨力遒劲，后开一家之新面貌。唐·张怀瓘在《书断》中称："其书得大令之宏观，含五方之正气，姿荣秀出，智勇在焉。秀岭危峰，处处间起，行草之际，尤所偏工。及其暮齿，加以遒逸。"与欧阳询、褚遂良、薛稷并称为"唐初四大家"。

他的楷书碑刻有《孔子庙堂碑》《破邪论》，墨迹有《汝南公主墓志铭》《左脚帖》《东观帖》《醒带帖》《积时帖》等，另编有《北堂书钞》160 卷行世。

虞世南其人性喜沉静，清心寡欲，精思读书，博达古今，才情横溢；其笔致圆润遒逸，潇散洒落，有六朝余韵。其书法刚柔并重，骨力遒劲，行笔流畅，继承了王羲之外拓法而别树一帜，其字"积雄劲为内势，化刚柔为一体"，世称"虞体"。

《孔子庙堂碑》即是他的代表作。此碑为虞世南 69 岁时所书，该碑笔力遒劲，气力内沉，从容向外；点画之间，信手拈来，舒卷自如，如玉树临风、纤尘不染，突显雍容华贵、端庄优美之姿，体现其书论中"冲和"之旨。

虞世南作《孔子庙堂碑》

此碑书法俊朗圆腴，端雅静穆，是初唐碑刻中的杰作，也是历代金石家和书法家公认的"虞书"妙品。宋·黄庭坚有诗云："孔庙虞书贞观刻，千两黄金那购得。"可见原拓本于北宋时已不多见了，亦可从此处得见此碑之珍贵。

其原碑早已毁没，后世主要有宋元两种翻刻本：一为宋·王彦超摹刻于陕西西安，俗称"陕本"；二为元朝至正年间重刻于山东城武，俗称"城武本"。后至清时，临川李宗瀚得唐石原拓本，世称"唐拓"。现世所见之《孔子庙堂碑》即是以李氏所藏唐拓为底本、缺字以"陕本"补全后合并而成之碑帖。

虞世南除于书法上独树一帜外，且于书论上亦有建功，为唐初有书学理论并影响后世之第一人；他所撰写的《笔髓精》既有对楷书、行书、草书等书体的评述和技法之精要分析，更提出以"冲和"为主的美学见解，精辟而独到，足见其于书法、美学上深思之力。

（3）褚遂良

褚遂良，初唐杰出书法家，字登善，钱塘人氏，官至"河南郡公"。

大书法家虞世南死后，唐太宗感叹"从此没有人可以与他讨论书法"时，魏徵推荐褚遂良，说他"下笔道劲，甚得王逸少（王羲之）体"，后太宗下诏召褚遂良为"侍读直学士"。贞观二十三年，唐太宗病危时，命褚遂良和长孙无忌同为"顾命大臣"，辅佐"太子"李治。高宗即位后，封褚遂良为"河南郡公"，后累迁至吏部尚书、尚书右仆射等，位极人臣；此后，因极力反对唐高宗废王皇后而立武则天为"皇后"，被贬官流放至桂林，后再贬至安南，直到去世。

传世书迹有碑刻《伊阙佛龛碑》《孟法师碑》《雁塔圣教序》《房梁公碑》等，行书刻本则有《枯树赋》《文皇哀册》等。其中，《雁塔圣教序》最有自家之法；在此碑中，他把虞、欧法融为一体，从气韵上看直追王逸少（羲之），但用笔结字、圆润瘦劲之处却是自家笔法。

褚遂良博涉文史，尤工书法。其书初学虞世南，后师法王羲之下笔古雅绝俗，正书丰润流畅，行则变化多姿、气势俊秀。其字对后世书风影响甚大，故世人将他与欧阳询、虞世南、薛稷并称"唐初四大家"。

杜甫有诗句云："书贵瘦硬方通神。"《雁塔圣教序》表现的正是"瘦硬通神"之韵味。宋·董逌《广川书跋》中亦说:"疏瘦劲练,又似西汉,往往不减铜箭等书,故非后世所能及也。昔逸少所受书法,有谓'多骨微肉者筋书,多肉微骨者墨猪;多力丰筋者圣,无力无筋者病'。河南(指褚遂良)岂所谓瘦硬通神者邪?"

《雁塔圣教序》碑为褚书中最杰出者,其字圆润瘦劲,笔法娴熟老练;其时,褚遂良已步入老年,故其为唐楷已创出了规范,因而他在字体结构上改变了欧、虞二人的长形字,创造出看似纤瘦,实则劲秀的字体。

(4)颜真卿

颜真卿,琅琊临沂(山东临沂)人,字清臣,为我国书法史上的"楷书四大家"之一。曾任平原(今属山东)太守,官至吏部尚书、太子太师,封"鲁郡公",世称"颜平原""颜太师""颜鲁公"。颜真卿在"安禄山之乱"时,固守平原城,为义军盟主,后前往叛将李希烈处劝降时不幸遇害。

颜真卿的书法,初学褚遂良,后请教有"草圣"之誉的张旭,深悟笔法要旨;后参考并运用篆书的笔意来写楷书,以致有所创新,遂变初唐楷书"瘦硬清劲"而为"雄强茂密",能熔篆、隶、楷、行、草于一炉,有如"折钗股、屋漏痕",又如"以印印泥,以锥画沙";其楷书笔力丰满、端庄雄伟,方严正大,朴拙雄浑;且气势森严,颇具法度;行书则"遒劲郁勃、阔达自如",书风区别于"二王"(王羲之、王献之)和唐初诸书家,因独特之笔法,故世人称其字为"颜体"。

颜真卿的书法既有前贤书体的气韵和法度,又不为古法所缚,后突破唐初楷书成规，自成一体，为"圆笔"之开创者，后人称之为"颜体"，与书法家柳公权并称为"颜筋柳骨"。世人说王羲之是书法中"尚韵"的最高典范，颜真卿则为"尚法"的最高榜样。唐人《书评》论其书："如荆卿按剑，樊哙拥盾，金刚嗔目，力士挥拳。"可见对其极为推崇。其书风格影响所及，延绵至今。

他的墨迹较多，墨迹中楷书有《自书告身》，行书有《祭侄稿》《刘中使帖》，碑刻则有《争座位帖》《多宝塔碑》《东方画赞》《颜家庙碑》《麻姑仙坛记》《颜勤礼碑》《中兴颂》《八关斋记》等；其文章后人辑有《颜鲁公文集》行世。

《祭侄稿》乃颜真卿为祭奠于"安史之乱"中就义的侄子颜季明所作。唐天宝十四年，安禄山谋反，平原太守颜真卿联络其从兄常山太守颜杲卿起兵讨伐叛军。次年正月，叛军攻陷常山，颜杲卿及其少子季明先后遇害。唐肃宗乾元元年，颜真卿命长侄往河北寻得季明首骨而归，于是挥泪写下这篇感人至深、留芳千古的祭文。

《祭侄稿》因是祭文，是颜真卿有感而发的，故笔迹急促、匆忙，涂抹删补处随时可见；纵观全篇，悲愤慷慨之气、苍凉悲壮之情溢于笔端，至"贼臣不救，孤城围逼"时而有百感交集之愤激，故其字于此狂涛倾泻，字形也变得时大时小，行距忽宽忽窄，用墨燥润相间，笔锋藏礴并用；至"呜呼哀哉"时，情感顿达高潮，因而所书随情挥有如忘情，其实是字由心发，神气所注故而宛如天成，整篇皆从内心之流露。

《祭侄稿》为作者情之所致、无意作书，故写得起伏跌宕、神采飞扬，得自然之妙；且以真挚情感运于笔墨，悲壮哀伤注入其间，其字不

颜真卿作《多宝塔碑》

计工拙、随意无拘，纵笔夜放，血笔交融而一气呵成，故得神来之笔，被后人誉为"天下第二行书"。元·鲜于枢《跋》语谓："《祭侄稿》，天下行书第二。"元·陈深说："《祭侄稿》，纵笔浩放，一泻千里；时出遒劲，杂以流丽；或若篆籀，或若镌刻，其妙解处，殆若天造岂非当时注思为文，而于字画无意于工，而反极工耶？"

《祭侄稿》，行草书。"安史之乱"之时，鲁公堂兄颜杲卿任常山郡太守，贼兵进逼，太原节度使拥兵不救，以至城破，颜杲卿与其子颜季明罹难。故文中有"贼臣不救，孤城围逼，父陷子死，巢倾卵覆"之语；事后鲁公派长侄颜泉明前往善后，仅得杲卿一足、季明头骨，如是方有此作，时年鲁公五十岁。

元·鲜于枢《跋》："唐太师鲁公颜真卿书《祭侄季明文稿》，天下行书第二。余家法书第一。"

清·王顼龄《跋》"鲁公忠义光日月。书法冠唐贤。片纸只字，是为传世之宝。况祭侄文尤为忠愤所激发。至性所郁结，岂止笔精墨妙，可以振铄千古者乎"。

《多宝塔碑》，全称《大唐西京千福寺多宝塔感应碑》，天宝十一年四月廿日建，岑勋撰文，颜真卿书丹，徐浩题额，史华刻字，现藏西安碑林，是他继承传统的作品。《书画跋》："此是鲁公最匀稳书，亦尽秀媚多姿，第微带俗，正是近世撰史家鼻祖。"

（5）柳公权

柳公权，字诚悬，京兆华原（今陕西耀县）人，官至太子太师。工书，尤以楷书闻名。初学王羲之，后师颜真卿、欧阳询，用笔遒健，字体结构俊秀严紧、刚劲有力，尤以骨力胜人一筹，其书对后世影响很大，故后人将他与书法家颜真卿并称为"颜筋柳骨"。

柳公权的楷书，书体开展，中宫密集，重心偏高，而以撇、捺等加以支撑，给人以峻秀之感，法度极为森严；"柳体"起笔、收笔无法则可循，顿挫提按也没有规矩可依；其笔大体均匀，且棱角分明。

柳公权学"颜体"，一变宽博丰润而为紧峭峻秀，化凝重端正为犀利遒健，偏重骨力，给人以"俊俏英伟"之感，故有"颜筋柳骨"之誉。北宋·朱长文《墨池编》中评其书云："正书及行楷皆妙品之最，草不失能，盖其法出于颜，而加以遒劲丰润，自名一家。"

他博览群书，才华出群，出口成章，对答如流。一次陪文宗到未央宫，轿车刚停，文宗就令他以数十言颂之。公权一视，出口成章，左右逢源，言辞流利优美，无不惊叹。文宗又笑着说："卿再吟诗三首，称颂太平。"公权毫无难色，慢步高歌，七步三首，文宗感叹地说："曹子建七步成诗，卿七步诗三首，真乃奇才也。"

柳公权历经了唐朝德、顺、宪、穆、敬、文、武、宣、懿十代皇帝，官至太子太师、紫光禄大夫上柱国、河东郡开国公。咸通六年逝世，享年 88 岁，葬于耀县阿子乡让义村，墓前有清·乾隆陕西巡抚毕源立碑，上书"唐太子太师河东郡王柳公权墓"。

《神策军碑》是柳公权楷书的代表作之一。此碑结体布局平稳匀整，保留了左紧右舒的传统结构。运笔方回兼施、运用自如；笔画敦厚方正、沉着稳健，表现了柳体楷书浑厚、开阔的典型风格。正如岑宗旦《书评》云："(柳书)如辕门列兵，森然环卫。"清·孙承泽跋文说："柳学士所书神策军纪圣德碑，风神整峻，气度温和，是其生平第一妙迹。"

《玄秘塔碑》是柳公权的代表作，其体中宫紧密，四周疏放，笔书向内攒聚，向外辐射，撇高捺低，表现出静中有动的超逸姿态。

其书初学王羲之，后融北碑方笔于楷书，取"欧体"之密瘦硬险峻，又削减"颜体"之肥厚丰满；结体中宫紧缩，四角宽博开张；用笔瘦硬挺劲，骨峻气宏，自成一家，人称"柳体"。

柳公权的书法遒劲俊媚，用笔、结体都有其独到之处。他在用笔方面非常注重法度，讲究"精确千脆、一丝不苟"，尤其对笔画的始末笔端特别注重，方落、圆收，或方圆兼施，以求准确无误。其字短线浑厚有力，长线刚挺有质，似有弹性。挑、钩、折等用笔自如，锋出锐利，有"势不可挡"之态；此外，柳体运笔多用中锋，以腕力行之，故线条纯厚、质朴苍劲，可谓"笔正"之典范。

柳公权的书法尤以楷书为佳，其笔法、结构已达炉火纯青之地步，对当时以及后世都产生了极大的影响。据史书载，当时的公卿大臣家的碑刻墓志如不是"柳体"所书就以为不孝，足见其影响之大。

(6) 张旭

张旭，唐朝大书法家。字伯高，吴郡(治今江苏苏州)人，官至金吾长史，世称"张长史"。他擅长"狂草"，号称"草圣"。因其为人性格豪放，好饮酒，善写诗，与当时著名诗人李白、贺知章等人交往甚密，人称"酒中八仙"。唐人好以书饰壁，相传张旭往往大醉后呼叫狂走，然后挥笔狂写，故人世呼"张颠"。其草书"行笔如从空掷下，俊逸流畅，焕乎天光，若非人力所为"。意蕴超妙，行笔非凡。

张旭的书法，初学"二王"，端正谨严，规矩至极，传世《郎官石柱记》可见其楷法笔法；然而，最能代表其书法创造性成就的，则是他的狂草作品。其善于生活中观察体悟，据其自称，他的书法是见公主与担夫争道而得其意（大意谓"略甚狭窄而又势在必争，妙在主次揖让之间能违而不犯"（典出唐代李雄《国史补》），从而领悟到书法的结构布白"进退参差有致，张弛迎让有度"的书法意境——此即所谓"担夫争道"之典故由来。）后观公孙氏舞剑而得其神，自此书艺大进。

张旭，人称"张长史"。其母陆氏为初唐书家陆柬之的侄女，即虞世南的外孙女。陆氏世代以书传业，有称于史。张旭为人洒脱不羁，豁达大度，卓尔不群，才华横溢，学识渊博。与贺知章、张若虚、包融号

张旭作《肚痛帖》

称"吴中四士"。

《肚痛帖》是张旭狂草的代表作，此帖写得纵横飞扬，精灵跳跃，犹如灵兔奔走，疏狂的笔法使字形结体动荡，但通篇看去却很平稳。《古诗四帖》以其崭新、高美的形式，巨大的气魄开雄伟壮阔之篇章。

高适在《醉后赠张旭》赞云："兴来书自圣，醉后语尤颠。"杜甫亦云："张旭三杯草圣传，脱帽尾顶王公前，挥毫落纸如云烟。"张旭狂草，出乎天性，而力运自发，宛如天成。

欧阳修《集古录》："旭以草书知名，而《郎官石记》真楷可爱。"丰道生跋："行笔如从空掷下，俊逸流畅，焕乎天光，若非人力所为。"《宣和书谱》中评说："其名本以颠草，而至于小楷行草又不减草字之妙，其草字虽然奇怪百出，而求其源流，无一点画不该规矩者。"

他精工楷书、草书，尤以草书著称。他的书法得于"二王"，而又独创新意。楷书《郎官石柱记》，取欧阳询、虞世南，笔法端庄严谨、不失规矩，展现楷书之精妙。

旧时，常熟城内曾建有"草圣祠"，祠内有一副楹联，云："书道入神明，落纸云烟，今古竞传八法；洒狂称草圣，满堂风雨，岁时宜奠三杯。"可见其书法之精湛。

书法大家颜真卿曾向他请教笔法，怀素继承和发展了他的草法，后以"狂草"得名，对后世影响很大。其草书与李白诗歌、裴旻剑舞并称为"三绝"。

唐·韩愈竭力推崇其书，在《送高闲上人序》中称："旭善草书，不治他技，喜怒窘穷，忧悲愉失，怨恨思慕，酣醉无聊不平，有动于心，必于草书发之。观于物，见山水崖谷，鸟兽虫鱼，草木之花实，日月列星，风雨水火，雷霆霹雳，歌舞战斗，天地事物之变，可喜可愕，一寓于书。故旭之书，变动犹鬼神，不可端倪，以此终其身而名后世。"

张旭狂草，笔墨纵横，然能左右逢源、游刃有余。《宣和书谱》云："其草字虽奇怪百出，而求其源流，无一点画不该规矩者，或谓张颠不颠是也。"此言或许最为恰当。

其书博大清新，纵逸豪放之处，远超前代，颇具盛唐气象。传世书迹除楷书《郎官石柱记》外，草书有《肚痛帖》《古诗四帖》等较为著名。

4. 宋元时期

（1）蔡襄

蔡襄，宋代杰出书法家，"宋四家"之一。字君谟，兴化仙游（今属福建）人，官至端明殿学士，人称"蔡端明"，谥"忠惠"。其书风格意境取法晋、唐，恪守法度；讲究古意，以神气为佳，书谓"端劲高古，容德兼备"，开启宋代书派之主流。

蔡襄为人忠厚正直，知识渊博，他的字"端劲高古，容德兼备"。《自书诗帖》得鲁公笔法而修于鲁公书，可为楷则。沈括说他善于"以散笔作草书，谓之散草，或曰飞草，其法皆生于飞白，自成一家。"这说明蔡襄虽追求古趣，但不是"泥古不化"的，敢于创新。

其人善书，工正、行、草书，也善章草。书学虞世南、颜真卿，并取法晋人。正楷端庄沉着，行书温淳婉媚，草书参用"飞白"法；与苏轼、黄庭坚、米芾并称"宋四家"。

《东坡题跋》称:"'蔡君谟独步当世'此为至论。君谟行书第一,小楷第二,草书第三;就其所长而求其所短,大字为小疏也。天资既高,辅以笃学,其独步当世宜哉。"明·陶宗仪《书史会要》云:"君谟工字学,大字矩数尺,小字如毫发,笔力位置,大者不失缜密,小者不失宽绰。"米芾《海岳名言》评其书:"如少年女子体态娇娆,行步缓慢,多饰铅华。"

传世墨迹有《谢赐御书诗》和书札、诗稿等;碑刻有《万安桥记》《昼锦堂记》等。著有《茶录》《荔枝谱》,及后人所辑《蔡忠惠公集》等。

蔡襄官至端明殿学士,知杭州事,卒谥"忠惠"。擅篆、籀、楷、隶、行、草等书体,楷书师法颜真卿,结体端严,体格恢宏;行书得晋人风韵,潇洒简逸。论书应注重"神、气、韵",崇尚古法。他上承唐代书法,下开宋代新风,与苏轼、黄庭坚、米芾并称"宋四家"。

蔡襄书法浑厚端庄、淳淡婉美,其正楷端重沉着,行草温淳婉丽。其书法在其生前就受时人推崇备至,极负盛誉,最推崇他书艺的人首数苏东坡、欧阳修。

蔡襄作《万安桥记》

在"宋四家"中,苏轼、黄庭坚、米芾都以行草见长,而蔡襄却以楷书著称。其书法师从褚遂良、颜真卿,兼取晋人法则;其字端正沉着、雄伟遒丽。米芾、苏东坡、黄庭坚、欧阳修对他的书法都十分推崇。

欧阳修说："自苏子美死后，遂觉笔法中绝。近年君谟独步当世，然谦让不肯主盟。"（《欧阳文忠公集》）

许将《蔡襄传》说："公于书画颇自惜，不妄为人，其断章残稿人悉珍藏，仁宗尤爱称之。"

《自书诗帖》是其行书代表作，整篇神气连贯，笔意温婉清隽，犹有王羲之的《兰亭》遗风。传世墨迹有《茶录》《牡丹谱》《与杜长官帖》，石刻《万安桥记》《昼锦堂记》等；后人辑有《蔡忠惠集》传世。

（2）苏轼

苏轼是北宋著名的文学家、书画家。他与他的父亲苏洵、弟弟苏辙皆以文学闻名于世，世称"三苏"。他与唐代的韩愈、柳宗元和宋代的欧阳修、苏洵、苏辙、王安石、曾巩合称"唐宋八大家"；又与黄庭坚、米芾、蔡襄被称为最能代表宋代书法成就的书法家，合称为"宋四家"。

元丰二年，苏轼到任湖州还不到三个月，因有人说他作诗讽刺"新法"，故有"文字毁谤君相"的罪名，后被捕下狱，史称此一事件为"乌台诗案"。元祐六年，他又被召回朝；但不久又因为政见不合，被外放颍州。元祐八年他以"讥刺先朝"罪名，贬为惠州安置，再贬为儋州（今海南省儋县）别驾、昌化军安置。徽宗即位，调廉州安置、舒州团练副使、永州安置。元符三年大赦，复任朝奉郎，北归途中卒于常州，谥号"文忠"，时年六十四岁（一说虚岁六十六）。

黄庭坚在《山谷题跋》中说："东坡书如华岳山峰，卓立参昂，虽造物之炉锤，不自知其妙也。余谓东坡书，学问文章之气郁郁芊芊，发于笔墨之间，此所以他人终莫能及耳。"又说："至于笔圆而韵胜，挟以文章妙天下，忠义贯日月之气，本朝善书者，自当推为第一。"

　　存世书迹著名者，有《前赤壁赋》《答谢民师论文帖》《祭黄几道文》《黄州寒食诗帖》《洞庭春色中山松醪两赋合卷》；此外，尚有《一夜帖》《久上人帖》《子由梦中诗帖》《与子厚书》《天际乌云帖》《董侯帖》等；碑刻有《丰乐亭记》《司马温公碑》《表忠观碑》《苏子丹碑》（亦称《罗池庙迎送神辞碑》）、《醉翁亭记》等。

　　另有，《与若虚帖》《答钱穆父诗帖》《付颍沙弥二帖》《遗过于帖》《次韵秦太虚诗帖》《与郭廷评书帖》《与宣猷丈帖》《渔父破子词帖》《武昌西诗帖》《石恪画维摩赞帖》《鱼枕冠颂帖》《致道源四帖》等已收入《三希法帖》。

　　苏轼字子瞻，又字和仲，号东坡居士；人称"玉局""长公""雪堂"，谥"文忠"，眉川（今属四川）人。嘉祐进士，历官翰林学士、端明殿侍读学士、礼部员外郎，至兵部尚书，礼部尚书；苏轼生平喜爱提拔后进，著名诗人和书法家黄庭坚、北宋著名词人秦观等人均出其门下。

　　《前赤壁赋》将苏轼的旷达胸襟、高洁灵魂及超逸优游的心境体现了出来，故明·董其昌赞扬此书墨法云："每波画尽处每每有聚墨痕，如黍米珠，恨非石刻所能传耳。"

　　苏轼的书法，主要是行书和楷书，楷书也含有行书的韵味。其书法初学"二王"，后学李邕、徐浩，中年以后又学颜真卿、杨凝式，继而

苏轼作《前赤壁赋》

自成一格。其字特色，以"笔圆韵"胜，即丰肥而有气韵。他曾说过："作字之法，识浅、见狭、学不足，三者终不能尽妙；我则心、目、手俱得之矣。"

其书集众家之长，开创"刚健婀娜、丰腴圆润"的"苏体"，后启"宋代尚意"的独特风格。与黄庭坚、米芾、蔡襄并称"宋四家"。黄庭坚在《山谷题跋》称："蜀人不能书，而东坡独以翰墨妙天下。"

黄庭坚曾题字云："东坡道人少时学《兰亭》，故其书姿媚似徐浩；至于酒酣放浪，能忘工拙时，瘦硬字乃似柳诚悬。中年喜学颜鲁公、杨风子书，其合处不减李北海。至于笔圜而韵胜，挟以文章妙天下，忠义贯日月之气，本朝善书者自当推为'第一'。数百年后，必有知余此论者。"

其子苏过在《斜川集》中说："吾先君子，岂以书自名哉。特以其至大至刚之气发于胸中，而应之于手，故不见其有刻画妩媚之工，而端章甫若，有不可犯之色。"

苏轼的著述宏丰，与韩愈、柳宗元和欧阳修三家并称。其文章风格平易流畅、豪放自如。

（3）米芾

米芾，一作黻，字元章，号鹿门居士、襄阳漫士、海岳外史，祖籍太原（今属山西），后迁襄阳（今湖北襄樊），世称"米襄阳"；后定居润州（今江苏镇江），徽宗赵佶召为书画学博士，官至礼部员外郎，人称"米南宫"。相传，他爱古好奇，常穿了唐代服装在大街上四处走；又喜爱石头，看见奇石就下拜，呼之为"兄"，因其举止狂放疯颠，故世称"米颠"。

米芾书法成就最大者是行书和草书。他能博取前人所长，用笔俊迈豪放，自谓"刷字"，意谓"运笔迅速而劲挺"，世有"风樯阵马、沉着痛快"之评。黄庭坚说："元章书如快剑斫阵，强弩射千里，当所穿彻，书家笔势，亦穷于此。"他曾自述云："善书者只有一笔，我独有八面。"后人更称赏他是"八面出锋"。

他的书法作品，大至诗帖，小至尺牍、题跋都具有"痛快淋漓、奇纵变幻、雄健清新"的特点；"快刀利剑"之气势。传世作品如《蜀素帖》《苕溪诗》是其书风成熟时得意之作，用笔跌宕起伏，雄健异常，变化多端，为难得之书品。

《宣和书谱·行书六》称："大抵书效羲之，诗追李白，篆宗史籀，隶法师宜官，晚年出入规矩，深得意外之旨。自谓善书者只得一笔，我独有八面，识者然之。"

曾自负能提笔作小楷，笔笔端谨，字如蝇头，而位置规模，皆若大字，然不肯多写。曾奉诏仿《黄庭》小楷，作周兴嗣《千字》韵语。

　　他学过很多著名书法家的作品，临摹得十分逼真。据说他曾向朋友借了古书画，临摹后，将真迹和摹本一起交给物主，物主竟无法辨认。有人评说："善临摹者，千古惟米老一人而已。"其擅画，曾创"米字点"，作《夏雨图》，苍茫沉郁，大雨滂沱，为世所重。

　　著有《宝晋英光集》《书史》《画史》《砚史》《海岳名言》《宝章待访录》等。行书书迹有《多景楼诗》《苕溪诗》《蜀素帖》《拜中岳铭》《三吴诗帖》《与景文书帖》《天马赋》《方圆庵记》《三帖卷》《跋陈摹褚本兰亭》《李太师帖》《张权帖》（一称《河事帖》)、《张季明帖》《伯充台坐帖》《步辇图题名》《陈揽帖》《叔晦帖》《知府帖》《春和帖》《珊瑚帖》《复官帖》《诗跋褚摹兰亭》《紫金帖》《鹤林甘露帖》等；草书有《元日帖》《中秋登海岱楼二诗帖》《论草书帖》《吾友帖》《两三日帖》等，亦曾书《千字文》，其《鲁公仙迹记》原在湖州鲁公祠，石佚后已重刻。

　　米芾能诗文，擅书画，精鉴别，好收藏名迹，能以假乱真。他以行草书最著，博取前人所长，用笔俊迈豪放，有"风樯阵马，沉着痛快"

米芾作《苕溪诗》

之评。

《蜀素帖》笔法苍老凝练，行笔涩劲，沉稳爽利，世有"清雅绝俗，超神入妙"之叹。其书体虽属宋朝简札书风，是"二王"及唐、五代书风的延续，但细察似乎与前人书法无一相似之处，是米芾自家风格的最好体现。明·董其昌跋曰："米元章此卷，如狮子捉象，以全力赴之，当为生平合作。"

米芾的用笔特点，主要是善于在正侧、偃仰、向背、转折、顿挫中形成"飘逸超迈"的气势以及"沉着痛快"的风格。米芾的书法中常有侧倾的体势，欲左先右，欲扬先抑，都是为了增加跌宕跳跃的风姿、骏快飞扬的神气，以浑厚功底作前提，故而出于天真自然，绝非"矫揉造作"；章法上，重视整休气韵，兼顾细节的完美，成竹在胸，书写过程中随遇而变，独出机巧。

其画山水出自董源，天真发露，不求刻意，多用水墨点染，自谓"信笔作之，多以烟云掩映树石，意似便已"。子友仁继父法有所发展，自称"墨戏"，画史上有"米家山""米氏云山"和"米派"之称。

米芾还爱砚。砚为"文房四宝"之一，为书画家必备之物。米芾于砚，素有研究，有《砚史》一书，据说对各种古砚的品样，及端州、歙州等石砚的异同优劣均有详细的辩论，倡言"器以用为功，石理以发墨为上"。其子米友仁书法继承家风，亦为一代书家。

（4）赵孟頫

赵孟頫，元代大书法家。其书风探远源古，力追"二王"，斟酌隋、唐风格，一变而为宋代"习尚"；其用笔流丽圆转、骨力秀劲，呈现出富有个性的娇美风格、自成一家，世称"赵体"。

赵孟頫，字子昂，号松雪道人，湖州人（今属浙江）。他是宋朝的宗室，宋亡后仕元，深受元世祖和元仁宗的宠遇，被授予各种官职，在政治上相当显赫。但因他是宋宗室而为元朝高官，故颇为宋朝遗民所轻视，且常遭到蒙古贵族中一些人的反对，因而心情矛盾，故他的诗文中常会流露出抑郁之情，并将大量精力用在书画创作中。

书法则工篆书、隶书、真书、行书、草书，各体皆能；早年曾学宋高宗的字，中年后取法"二王"和智永（僧），晚年则师法李邕，兼取颜真卿、米芾之长，最后兼容并包、取众之长，形成了"结体严整、运笔圆熟、姿态妍媚"的"赵体"。

存世书迹甚多。正书有《玄妙观重修三门记》《湖州妙严寺记》《信心铭》《胆巴碑》《续千字文卷》；小楷有《汲黯传》《道统源流册》《道德经》《道统生神章》；章草有《临急就章》；行书有《洛神赋》《绝交书》《临兰亭序》《临集王书圣教序》《心赋》《雪赋》《归田赋》《兰亭十三跋》等。此外，所书碑石也不少，其中《张天师神道碑》存北京朝阳门外东岳庙。松江有其《松江宝云寺记》。

赵孟頫作《续千字文卷》

在绘画上，无论山水、人物、花鸟、竹石、鞍马，孟頫无所不能；工笔、写意、青绿、水墨，亦无所不精。据说他自五岁起学书，几无间日，直至临死前尚"观书作字"，对书法可谓"情有独钟"。其提出"作画贵有古意""云山为师""书画本来同"等法度，颇为后人所重。

他善篆、隶、真、行、草书，尤以楷、行书著称于世，《元史·本传》云："孟頫篆、籀、分、隶、真、行、草无不冠绝古今，遂以书名天下。"元·鲜于枢《困学斋集》称："子昂篆，隶、真、行、颠草为当代第一；小楷又为子昂诸书第一。"其书风遒媚俊秀、清雅飘逸，结体严整端庄，笔法圆熟妙丽，世称"赵体"。其与颜真卿、柳公权、欧阳询并称为"楷书四大家"。

赵孟頫所书，尤其擅长楷书和行草。其小楷，书体备极楷则，墨迹如《道德经》等；其大楷，书体法度森严，如《胆巴碑》《玄妙观重修三门记》等；其行草，书体优美洒脱，墨迹如《洛神赋》《兰亭十三跋》等，时人有评云"花舞风中，云生眼低"。

浅谈国画

缘起

应诸位同学盛情相邀，于此讲谈国画历史与绘画之技巧，朽人只好勉而为之，权当与大家共学吧！

我国绘画技法堪称"一宝"，与书法并称"双绝"。只是，国画不似西洋画易于保存，多因国画绘制于易碎的纸或绢上。

两汉时期，我国艺术可称谓"大家风范"，但那时的艺术多为壁画，只可观摩，不易携带，不似西洋画之木板或布等材质易于流传。

两汉时期的艺术，材质多是石材或陶瓷、砖瓦，艺术水平极高，但多为笨重之材质，故可遇不可求，临摹亦不易得。

至隋、唐之时，因国富民强、文化兴盛，故艺术成就亦高，我国艺术方至前所未有之顶峰。当时的绘画艺术延续了雕刻之艺术技法，创作作品多以宗教题材、人物肖像画成就最大，亦开"山水画"之先河。

及至宋、元，则为我国绘画艺术之巅峰期，其中尤以山水画为代表，花鸟绘画成就亦不俗。至明代时，绘画作品则以花鸟为卓著。清朝一代，则将山水画发挥到极致，风格倾向写意，虽寄托自然景观之写实，然而重在体现自我之心境，故而流派纷起、大师并出，大有百花齐放之势。

以下，朽人就一些名家或名画加以简述与评析，以供同学欣赏，我们先从隋唐开始讲起。

一、隋唐时期

1. 展子虔

展子虔，渤海（今山东阳信）人，是北周末年、隋朝初年的大画家。他曾经历北齐、北周，最后在隋朝担任朝散大夫、帐内都督等职。

展子虔擅长画人物、山水及其他杂画，在绘画技法上几乎无所不能。其对人物的描绘相当细致，喜以色景染面部。他亦善画马，所画之马以神态逼真见长——如画立马更有足势，若画卧马则腹有腾骧起跃之势，与当时的大画家董伯仁齐名；所绘山水，能就远近，有咫尺千里之势。

他曾在洛阳天女寺、云花寺、长安灵宝寺、崇圣寺等处所绘制佛教壁画，作品有隋朝官本《法华变相图》《长安车马人物图》《白麻纸》《弋猎图》《南郊图》《王世充像》《白描》等六卷，收录入《贞观公私画史》之中；还有《朱买臣覆水图》《北齐后主幸晋阳图》《维摩像》等画迹，收录入《历代名画记》中；又有《北极巡海图》《石勒问道图》等二十

展子虔作《游春图》

余幅，收录入《宣和画谱》中。

他传世之作有《授经图》《游春图》；据称，《游春图》乃我国现存最古之卷轴山水画。

2．阎立本

《步辇图》所绘之景为唐太宗召见吐蕃使者。

画中，太宗威严平和，端坐于宫女所抬的步辇上；红衣虬髯者为宫中执掌礼仪之官员，其后着藏服者即为吐蕃使者。

此画的作者阎立本是唐代画家，陕西西安人氏。其父阎毗及其兄阎立德都擅长绘画及建筑。而立本则擅长绘画人物、车马和楼阁，后人有称为"丹青神化""冠绝古今"之誉言其传世之作

阎立本作《步辇图》

《步辇图》《历代帝王图》《萧翼赚兰亭图》的。

此画特色在于，画家将人物的仪态与身份、气质与心境刻画得至为鲜明，尤其是衣纹展现圆转、流畅至为突出，人物之五官亦勾画精细。其中，人物的发式与服饰颇具初唐时期之特点。

3、周昉

周昉，京兆（今陕西西安）人，唐代画家，字景玄，又字仲朗；出身显贵家庭，先后官越州、宣州长史。

此人一生性情直爽、好学不倦，擅长仕女画。初学张萱，后取长而

自创；其绘画多为贵族妇女，所画人物多优游闲佚、容貌丰满、衣褶劲简，且色彩柔和艳丽，为当时宫廷贵族、士大夫之所重。后来，唐德宗李适闻其名，诏至章明寺绘画，经月余始成，德宗推为"第一"。他所绘制的、具有华丽优美的"水月观音"像颇具特色，雕塑者多仿效之，世称"周家样"。

其传世作品有《簪花仕女图》《挥扇仕女图》等。

周昉作《簪花侍女图》

《簪花仕女图》以四位贵妇人为表现，分"戏犬""漫步""看花""采花"四个情节；而中间穿插一持扇侍女；侍女形象较小以示其身份，与贵妇人形成身份对比；其中人物发型、眉毛及体态都以丰腴肥硕为主，故能体现唐代之审美风尚；勾线流畅、笔画有力，色彩也很艳丽丰富，突显出肌肤之质感和服饰的轻薄感。

4. 李思训

李思训，成纪（今甘肃天水）人氏，是唐朝皇亲宗室，后官至右武卫大将军，封"彭国公"。

他是唐代杰出的书画家，工书法、绘画，尤擅长绘画山水树石，其笔力遒劲、格调细密，喜写"云霞缥缈"之景色，鸟兽草木皆能穷其姿态，亦爱用神仙故事点缀幽曲、寂静之岩岭。他喜以青绿为质、金泥为纹的山水画，作品多富装饰性。

他的绘法技巧源于隋代的展子虔，并继承和发展了六朝以来以"色彩为主"的表现形式，玄宗皇帝曾评其画作为"国朝山水第一，列神品"；明代大画家董其昌更推他为"北宗"山水画之祖。唐代张彦远总结说"山水之变始于吴（道子），成于二李"（李思训、李昭道父子）。其子李昭道亦擅山水，人称其父子为"大、小李将军"。其传世的画作有《山居四皓图》《江山渔乐图》《群峰茂林图》等，收录入《宣和画谱》。

《江帆楼阁图》所绘长松秀岭，翠竹掩映，群山层叠，朱廊碧殿，江天阔渺，风帆近流；有着唐朝衣冠者四人；此画融山水树木与人物，既自然又交相辉映，一派春光景象；画中山石用墨线勾勒轮廓，后以绿色渲染，不作皴擦；所画松树以交叉取形，整体则势态葱郁；他用笔工整，山石青绿，着色艳丽，安歧评之为"傅色古艳，笔墨超轶"，表明山水画到这一时代已趋成熟。

5. 王维

王维，自幼聪颖，据载他九岁即能作诗写文，后成为唐开元、天宝间的著名诗人；其人书法工于草书、隶书，亦熟娴丝竹音律，擅长绘画，乃多才多艺之才子；其青年时便已名享京师，甚得皇族王公之敬重。唐人薛用弱《集异记》就有记载："王维右丞，年末弱冠，文章得名。性娴音律，妙能琵琶，游历诸贵之间，尤为岐王之所眷重。"

王维对于绘画的贡献有二：一是融诗情于画中，开创了绘画新篇章，延至宋代，形成一种"诗中有画，画中有诗"的"诗情画意"风格。二是突破"金碧山水"之局限，初步奠定我国"水墨山水画"之基础，而至元、明、清三代发展为最重要之绘画形式，故他被后人尊为"文人画南宗之祖"。

此幅《伏生授经图》卷，所绘为汉代的伏生授业的情景，亦是人物肖像画。所绘人物形象逼真、清癯苍老，所用笔法清劲有力。此画无画家之自款，但画上有南宋高宗所题"王维写济南伏生"字样。

秦始皇统一天下后，接受丞相李斯的建议，而采取了"焚书坑儒"的手段以统治人心，诸多宝贵之书籍顿遭损毁。

伏生，济南人，原为秦博士。据说当时焚书时，伏生冒生命之危保存了《尚书》，汉文帝为求能治《尚书》之人而知伏生，其时年已九十余，不便行使，故汉文帝遣晁错前往受教，得文二十八篇。此画上有南宋高宗题的"王维写济南伏生"字样。

王维崇信佛教，性喜山水，其诗多以山水、田园为内容，所绘物景颇为传神，笔法精深入微；晚年隐居蓝田辋川，过着吟诗作画、谈禅说佛的隐逸生活。此人兼通音乐，工书法，精绘画，擅画平远之景致，喜以"破墨"手法绘制山水松石，北宋苏轼赞其"诗中有画，画中有诗"，其有"不衣文采"之创作理论对后世文人画影响甚大。

6、李昭道

李昭道，甘肃天水人，字希俊，唐代著名画家。曾任太原府仓曹、直集贤院等官职，后官至太子中舍。

李昭道继承其父李思训之长，亦擅长"青绿山水"的绘画创作，世称"小李将军"。亦擅绘画鸟兽、楼台、人物，并创"海景图"。其画风巧妙精致，虽"豆人寸马"，也画得"须眉毕现"。由于画面繁复，线条纤细，论者亦有"笔力不及思训"之评。主要画作有《海岸图》《摘瓜图》等作品收录入《宣和画谱》。

《明皇幸蜀图》描绘了"安史之乱"时唐明皇逃往四川避难的情形。画家有意加强了春天山岭间之诗意，于层峦叠嶂描绘飘浮白云，树木亦秀丽动人；此画之妙处在于，人物虽小却分毫可辨，能使观者轻易分辨人物之身份。

我国国画之类别和技法，可分人物、山水、花鸟；其中，人物画是历史上最早形成的画科，早于山水与花鸟。大家皆知西洋画注重造型，而国画注重传神，可谓不注意精确之造型"由来已久"。我国最早创作的人物画，多重人物之刻画，力求逼真、传神，讲求气韵之灵动，形神要兼备，故古代论画著作中称其为"传神论"（顾恺之）。

而分门别类中，人物画又分为道释画、宗教画、仕女画、肖像画、历史故事画等。历代之著名代表画家，有东晋的顾恺之；五代的顾闳中；宋代的李唐；明代的仇英、唐寅；清代的费丹旭等大师。

二、宋元时期

1. 夏圭

夏圭，南宋画家，宋宁宗时任画院待诏。初学人物画，后改绘山水；他将范宽、李唐的斧劈皴进一步发展，创立了"拖泥带水皴"；其创作除师法李唐而讲求阳刚之风外，更讲究水墨淋漓、清明透逸的效果，与马远同为"北方山水画派"之杰出代表。宁宗时为画院待诏，赐金带。

夏圭作《溪山清远图》

画人物酝酿墨色如傅粉之色，笔法苍老，墨汁淋漓；所画雪景，全学范宽。画院中人凡画山水的，自李唐以下，无出其右者，与当时大画家马远齐名，故称"马夏"。

他喜以长卷横幅表现情景，而画面变化亦十分复杂，多以线、面或干、湿等手法互用，皴法也十分丰富，故艺术效果极强。其创立的"拖泥带水皴"法，在当时不仅对南宋绘画有所影响，而尤其对后世的"文人画"的表现形式影响更大，且后人在继承其法的基础上，不单用在人物画上，花鸟画中亦被广泛运用。

夏圭的画法多受佛教禅宗影响，故他主张"脱落实相，参悟自然"，趋向"笔简意远，遗貌取神"的效果。充分表现出了虚实和空气感，用笔清劲，简练概括，简劲苍老而墨气明润，给人浑厚朴实、明朗俊秀的印象。明代王履曾赞曰："粗而不流于俗，细而不流于媚；有清旷超凡之远韵，无猥暗蒙尘之鄙格。"明代大画家董其昌虽对"北宗"山水颇怀偏见，却对夏圭十分折服，说"夏圭师李唐而更加简率，如塑工之所谓减塑者"。

2. 米芾

米芾所处的时代，正是画院写实派山水画大行其道之时，而他却只想表达心中的"意气"，以天真、癫狂手笔来表现山石的面貌，故能在画面上自由发挥，因他这类举止类同"颠狂"，故人称"米颠"。

米芾能诗文，擅书画，精鉴别；行书、草书得力于王献之，用笔俊迈，世人评为"风樯阵马，沉着痛快"，他与蔡襄、苏轼、黄庭坚合称"宋四家"。米芾画山水，出自董源，天真发露，不求工细，多用水墨点染，自谓"信笔作之，多以烟云掩映树石，意似便已"。其子米友仁亦是画家，师承其画法，自称"墨戏"，画史上称"米家山""米氏云山"，因其传承而有"米派"之称。

米芾书《蜀素帖》

他亦画梅、松、兰、菊等花卉画，晚年兼画人物，自称"取顾（恺之）高古，不入吴生（道子）一笔"。米芾好模仿名迹，能以假乱真；并以行、草书最著，博取前人所长，用笔俊迈豪放。《宣和书谱》论其书"大抵初效羲之"，自谓"善书者只有一笔，我独有八面"。

他传世作品甚多，主要有《苕溪诗卷》《蜀素帖》最为著名。《蜀素帖》为米芾书法精品，为他38岁时所作，其书法苍老凝练、行笔涩劲、沉稳爽利、清雅绝俗，可谓"超神入妙"。其书体为"二王"及唐、五代书风之延续，但与前人书法无一相似之处，是米芾自家风格之明证。明画家董其昌题跋曰："米元章此卷，如狮子捉象，以全力赴之，当为生平合作。"

3. 米友仁

米友仁是米芾长子，故人称"小米"，早年即以擅长书画而知名，宋徽宗宣和四年（1122年），应选入掌书学。南渡后官提举两浙西路茶盐公事、兵部侍郎，敷文阁直学士，世称"米敷文"。

其为继承家学，少即以书画知名，擅画云山，略变其父之风格成一家之法。所绘画作，多以云烟变灭为法度，而风格看似草成，实则法度森严，自称"墨戏"；且性格耿直、不附时风，自重为珍。善书法，"酷似乃风，亦精鉴赏"，但自有自家风格。

《潇湘奇观》为米友仁所绘山水画之代表作。图绘江边雪山、云雾变幻的奇境；只见浓云翻卷，远山坡脚隐约可见，随云气之游动变化，山形可隐可显。群山重叠起伏，远处峰峦终于出现于白云中；中段主峰耸起，宛如尖峰起伏林木疏密，远近、层次清晰，显露真实；但末段一转山色，隐入淡远之间，体现自然界之造化神奇。

此画作者以"没骨法"取代隋唐北宋以来之"双勾法"，给人以自然美之印象，改变了山水画的形象和表现手法。作品主要运用泼墨法和破墨法，依仗水墨的晕染来塑造形象，很少用线勾勒，浓淡、虚实的墨色，使景致时隐时显，忽明忽晦，朦胧又富变化，故时人谓他"善画无根树，能描朦胧云"。（汤垕《画鉴》）笔与墨之巧妙结合，使得米氏之云山兼具"滋润"与"沉郁"之特色。

山水画，是指以山川河流等自然景观为主体的绘画，其最早只是作为人物画之背景而创作，后独立成一支最能代表国画艺术成就之画种。山水画注重整体构图效果，尤其以位置之摆放、神韵之表达，以及笔墨之浓淡为要点。

就风格之不同，又分水墨山水、青绿山水等小类。历代代表之人物有：唐之李思训；宋之李成、范宽、董源；元之黄公望、吴镇、王蒙、倪瓒；明、清二代之董其昌、王时敏、王鉴、王原祁、石涛、八大山人等名家。

4. 赵孟頫

赵孟頫，元代书画家、文学家。字子昂，号"松雪道人""水精官道人"，中年曾作孟府，浙江湖州人氏，宋宗室之后裔。宋亡后，隐归乡里闲居。元世祖忽必烈搜访宋朝"遗逸"，经程拒夫荐举，始任兵部郎中，又官至翰林学士承旨，封"魏国公"，谥"文敏"。

赵孟頫精通音乐，善鉴定古物玉器，其中以书法、绘画成就尤高。山水画取法董源、李成；人物、鞍马师法李公麟和唐人；亦工墨竹、花鸟等画，所画风格皆以笔墨圆润苍秀见长，以飞白法画石，以书法用笔写竹，力主变革南宋院体格调，自谓"作画贵有古意，若无古意，虽工无益"，遥追五代、北宋法度、有评论谓"有唐人之致去其纤，有北宋人之雄去其犷"，遂开元代之新画风。

赵亦善诗文，其诗之风格以和婉为色；兼工篆刻，尤以"圆朱文"著称。传世画作有《鹊华秋色图》《红衣罗汉图》《幼舆丘壑图》《秋郊饮马图》《江村渔乐图》等。

《红衣罗汉图》所绘，身着红色袈裟的罗汉盘腿坐于树下青石之上，左手前伸，神态安详，正在讲授佛法的情景。图中罗汉颇似西竺僧人，据悉他常与西域僧人往来，故能对西域人之神态特征刻画入微；其人物造型取法于唐之阎立本，即以铁线描勾勒，且用笔凝重，苍劲有力，人物形象逼真。

三、明代时期

1. 戴进

戴进明代画家，号静庵，浙江杭州人。少年时当过金银首饰学徒，后改学绘画，刻苦用功，画艺大进，宣德年间供奉宫廷，因画艺高超而遭妒忌，遂被斥退。后浪迹江湖，以卖画为生。

戴进作《风雨归舟图》

他擅长山水、人物。其山水画师法马远、夏圭，并取法郭熙、李唐，多是遒劲苍润手法；用笔劲挺方硬，水墨淋漓酣畅，发展了马远、夏圭传统。

人物画师法唐宋传统，兼长工笔、写意；工笔用铁线描和兰叶描；写意从马远变化而来，笔墨简括；花鸟画工笔、写意、没骨诸法皆擅长。人物佛像则能变通运笔、顿挫有力。

其画作在明中期影响较大，追随者甚众，人称"浙派"，遂成明代前期画坛之主将，后世推他为"浙派"创始人。传世之作有《春山积翠图》《风雨归舟图》《三顾茅庐图》《达摩至慧能六代像》《南屏雅集图》《归田祝寿图》《葵石峡蝶图》《三鹭图》等。

2. 唐寅

此幅《落霞孤鹜图》，是唐寅所绘山水画的代表作。画面表现的是：

崇岭峙立，几株柳树亭立，半掩水阁台榭，下临江水；阁中一人独坐眺望，旁有童子侍立。不远处，落霞孤鹜，烟水微茫，故画中景观辽阔优美。

此画技法工整，山石用湿笔点染，故线条流畅，风格潇洒俊秀，突显飘逸；画上自题诗是借王勃之少年得志，来为自己坎坷不平之遭遇而吐不愉。此画风格近于南宋院体，为他盛年得意之作。

唐寅作《落霞孤鹜图》

唐寅出生于商家，故地位较低。其幼年即能刻苦学习，11 岁显出过人之才，并能写出一手好字。16 岁中秀才，29 岁参加乡试，获"解元"（第一名）。次年，赴京会考，与他同路赶考的江阴地主徐经，因暗中贿赂主考官的家僮而事先得知考题，但事情败露。唐寅亦受牵下狱，遭受凌辱。此后，自负的唐寅对官场产生反感，自此，性格、行为流于不羁，后在好友祝允明规劝下发奋读书，决心以诗文书画终其一生。

唐寅性格狂放不羁，在绘画中则独树一帜，自成一家；其行笔秀润缜密，颇具潇洒清逸之韵味。他的山水画多表现为雄伟险峻、楼阁溪桥、四时朝暮的江山胜景；有时亦描写亭园幽境中文人逸士的悠闲生活。其山水画大幅气势磅礴，小幅清隽潇洒，题材多样。其人物画多写古今仕女或历史典故。其传世的画作有《王蜀宫妓图》《落霞孤鹜图》《事茗图》《看泉听风图》等。

3. 陈淳

前面讲过山水画，此处再讲一讲花鸟画之特色。花鸟画，亦是国画一大分类。泛指以花卉、鸟、兽等动植物为主体的绘画。此类创作之体裁，产生年代较人物、山水为晚，多讲求精细或趣味，刻画以精巧、传神为主。

画花鸟就表达形式的不同，又分为工笔花鸟及写意花鸟二类。以表现手法而言，国画主要以写意或工笔，或二者兼顾为主，但以讲究意境深远、气韵充实、画面传神为创作手法。以线条勾线传神、着色自然为特点，总以和谐为主旨；另以独特之手法，以印章为点缀，以达平衡、增韵为独创，是为东方绘画之魅力所在，更显完美，此为西洋画之所无。

大写意，即以张条疏散、施墨粗放为特点，削繁为简、遗形取神为手法，创作者多为泼墨粗画。小写意，即以简练归融为特色，多强调笔墨中之情趣，不苟求惟妙惟肖，但求整体气势与着色。工笔，是与写意不同的手法，与写意相反，多求刻画精确，要求工整、细致，乃至细节明确、刻画入微，手法以细腻、准确为度。

陈淳，明朝画家江苏苏州人，字道复，号白阳，又号白阳山人。曾学画于文徵明，后不拘师法；又法米芾、黄公望、王蒙。其山水较文征明疏放开阔，盖学米友仁而致笔迹放纵也。其尤擅长水墨写意花鸟，开明代写意花鸟画之新局面。

4. 仇英

仇英明代画家，字实父，号十洲，太仓（今属江苏）人，后定居苏州。其出身工匠，后从周臣学画，因文徵明之推赞而知名当时，以卖画为生。

仇英擅画人物，尤长仕女。工于设色，又善水墨、白描，能运用不同笔法表现不同对象。刻画之人物形象，或圆转流利，或劲利有力，皆为精工、妍丽之作，世人有"周昉复起，亦未能过"之评。他的山水画多学赵伯驹、刘松年，所画青绿山水之作，多呈细润而风骨劲峭；亦善绘制花鸟。晚年客居于收藏家项元汴家，摹仿历代名迹，据称"落笔乱真"。

仇英在当时名家周臣门下学画，曾用心临摹古代佳作，因刻苦及天赋不凡，故而技艺大进，成就卓著，因而与沈周、文徵明、唐寅并称"明四家"或"吴门派"。

他所创作的题材很广泛，擅写人物、山水、车船、楼阁、界画等场景；尤擅长于临摹，技法之中，工笔、写意、白描俱佳；画风细腻工整、色彩华丽，取古德之长而又能化为己用、自成一格。

其传世作品有《春夜宴桃李园图》《柳下眠琴图》《桃村草堂图》《剑阁图》《松溪论画图》和《玉洞仙源图》。

5. 董其昌

董其昌，华亭（今上海松江）人氏，明代著名书画家、书画鉴赏家兼书画理论家。字玄宰，号思白、"香光居士，人称"董华亭"。万历进士，授编修，官至礼部尚书、太子太保，谥"文敏"。

他的书法，先从颜真卿，后学虞世南；再后，又觉唐书不如魏晋，转学钟繇、王羲之，并参以李邕、徐浩、杨凝式等笔意，自谓"于率易中得秀色"，其书法分行布白、疏宕秀逸，颇具个人特色，对明末清初的书风影响很大。

董其昌擅画山水，师法董源、巨然，以元代黄公望、倪瓒为宗，成为集历代画家之大成者。但重写意，不重写实，所画丘壑变化较少，而讲究笔致、墨韵，画格清润明秀、灵静飘逸。论画标榜"士气"，将古代山水画家仿禅宗而分为"南宗""北宗"，并推崇"南宗"（如王维者流）为文人画正脉，形成崇"南"贬"北"之己见，其说影响明代以后的画坛；又提倡作画须"读万卷书，行万里路"，此调对后世论画亦影响较大。

此人才华俊逸，好谈名理，善鉴别书画。书法出颜真卿，后遍学魏晋唐宋诸名家，并融诸家之长自创风格；其行书古淡潇洒，楷书则有颜真卿之率真韵味，草书植根于颜真卿的《争座位》《祭侄稿》，兼有怀素之圆劲和米芾之跌宕。与邢侗、米万钟、张瑞图合称"明末四大家"，对明末清初书风影响很大。

其书法结体宽绰，取颜真卿之布白而不强作恢弘，取米芾之"奇宕潇散，时出新致，以奇为正，不主故常"，故而笔势潇洒随意。传世之作有《秋兴八景图》《山庄秋景图》《昼锦堂图》等。

四、清代时期

1. 吴宏及国画之装裱

吴宏，（宏，亦作弘）清代著名画家，字远度，号竹史，江西金溪人，长居江宁（今南京）。

其人诗书均精，自幼喜爱绘画，笔墨得诸家之长而能出己意、纵横放逸。

方有同学问及国画的装裱，此处再略讲一些国画装裱之相关知识。

由于国画多绘于易于破碎、变形之宣纸或绢物之上，故我国国画均须在背后用纸托裱，以胶、绢、纸等镶边后装上轴杆，以便保存留传。我国绘画装裱技术距今已有千余年的历史；在传统的意义上，国画装裱后才算是一幅完整的作品。

（1）立轴：国画中装裱的一种式样。中间部分叫"画心"（又名"画身"），上面称"天头"，下面称"地脚"。上、下又有"隔水"。装裱尺寸四尺以上的称为"大轴"，俗称"中堂"；特大的称为"大堂"或"大中堂"；三尺以下的画幅称"立轴"。上装天杆，下装轴。有的天头贴"惊燕带"（又称"绶带"），这种格式盛行于北宋宣和年间。"画心"上、下端加镶锦条，称之为"锦眉"。

（2）册页：中国书画装裱的一种式样。因画身不大，亦称之为"小品"。有正方形，也有长方形、竖形或横形；有推蓬式、蝴蝶式和经摺式三种；也有裱成单片的，称之为"散装"。一般册页均取双数，少则四开、八开、十开，多则十二开、十六开或二十四开。册页外镶边框，前、后添加副页，上、下加板面。这样，欣赏、携带、保存、收藏就比较方便了。

（3）屏条：中国书画装裱的一种式样，由于画身狭长，所以有装裱成屏条形式的。屏条单独的称为"条屏"；四幅并排悬挂的称为"堂屏"或"四季屏"；也有四幅以上乃至十二幅、十六

吴宏作《柘溪草堂图》

幅的，这些都是成双的完整画面，称为"通景屏"或通屏。

（4）手卷：也是装裱式样中的一种，也称"长卷"或"图卷"。外面有"包首"，前面有"引首"，中间是作品；紧连作品两边的叫"隔水"，后面有"拖尾"。"包首"的上面贴有"题签"。历代名画如北宋王希孟的《千里江山图》、张择端的《清明上河图》、元代黄公望的《富春山居图》等，都是手卷的装裱式样。

2. 石涛

石涛是明朝悼僖王朱赞仪的第十世孙；父名朱亨嘉，曾于南明隆武时在广西自称"监国"，后为瞿武耜俘杀，其时年尚幼小。他本来是明末皇族，未满十岁家庭惨遭变故，于是削发为僧，四处流浪；他法名叫原济，亦作元济（后人误传为"道济"），号石涛，又号苦瓜和尚、大涤子、清湘陈人等。

他因逃避兵祸，四处流浪，得以遍游名山大川，而悟大自然之奇妙造化；至清康熙时期，其名已传扬四海；他曾两次在扬州为康熙帝接驾，并奉献《海晏河清图》，晚年与王公贵族亦交往较密。

石涛所画山水、兰竹、人物等，讲求创意，构图善于变化，笔墨恣肆，意境新奇，一反当时仿古之风，王原祁评他为"大江以南，当推石涛为第一"。他的画作对扬州画派及近代中国画影响很大；兼工书法和诗，对画论尤有深入研究；所著有《苦瓜和尚画语录》（其手写刻本又名《画谱》）较为有名。

其一生遍游名山大川作画写生，为明清时期最富创造性的一代大画家。他作画构图新奇，无论是黄山云烟、江南水墨，还是悬崖峭壁、枯树

石涛作《搜尽奇峰打草稿图》

寒鸦，总能力求新奇，意境清新悠远，尤善用"截取法"以传深邃之境；石涛还讲求气势，故其笔势恣肆、淋漓洒脱而又不拘小疵，有豪放之态，以奔放见胜。

石涛善用墨法，枯湿、浓淡兼融并施，尤喜用湿笔，通过水墨的变化与笔墨的相融，多能表现山川之氤氲气象，或意境深远、厚重之态；有时用墨浓而显墨气淋漓，有时运笔酣畅流利或加方拙之笔，于是方圆结合以显朴实，秀拙相生而露清新。

他擅画山水，主张应细心体察大自然之景观，领会于心而下笔如有神助，笔墨"当随时代"而绘；画山水者应"脱胎于山川""搜尽奇峰"，进而"法自我立"，《黄山八胜图》即是其代表作之一。石涛的传世作品有《搜尽奇峰打草稿图》《黄山八胜图》《海晏河清图》等。

3. 八大山人

八大山人原名朱耷，清初著名画家。字雪个，号个山，后更号为个山驴、八大山人等，江西南昌人。他是明朝皇室之后。清初之时隐其姓名，隐居在南昌青云谱道观。

八大山人经历明清之际天翻地覆的时局变化，且自身从皇室沦为逸民，并为避害而出家，可见其饱经苦难；其诗文书画出众，但因家破国亡之故，装聋作哑，从其作品中可略见其心之悲怆。

朱耷擅画水墨花卉禽鸟，笔墨简括凝练、形象夸张、意境深刻；所

過往不恋
将来不负

写山水，画境冷清、枯寂；其水墨画技法对后世写
意画影响很大；他的山水画及花鸟画，多所体现其
内心孤寂遁世、清高自赏的风骨和性情品格，丝毫
不比他的花鸟画逊色。兼有豪情纵逸的雄健风格、
朴茂酣畅的凝重情意和生拙涩秀的奇特韵味，然而
虚淡中含意多，蕴涵深刻。

此幅《山水图》亦名《秋林亭子图》，写秋数茅
亭、地老天荒之景，笼罩着一派荒凉静寂、无可奈
何的气氛，有一种哭笑不得的枯索情味。

八大山人作
《秋林亭子图》

八大山人书法成就颇高，致使将其画名掩盖，知者不多。其书法，
行楷学王献之的淳朴圆润，并自成一格。其所写书体，以篆书之圆润施
于行草，自然起落，以高超的手法将书法的落、起、走、住、叠、围、
回等技巧藏蕴其中，且能不着痕迹。古人所谓"藏巧于拙，笔涩生朴"，
由此可知八大山人书法之妙，世之少见。

能窥山人之书体全貌的，莫过于《个山小像》中其所题字——他以
篆、隶、章草、行、真等六体书之，可见其功力之深，世间罕见伦比者，
可谓集山人书法之大成。其晚年时，书法达其艺术成就之巅，草书亦不
再怪异、雄伟，如其所写之《行书四箴》《般若波罗蜜多心经》等，平
淡无奇、浑若天成，无丝毫修饰，静穆单纯，似超脱凡俗、不着人间烟
气，是书家所爱之珍品。

4、邹喆及国画之技法

邹喆，清代画家。字方鲁，江苏吴县人。自幼随父亲客游金陵，其

146

画宗法于其父。其山水画稳重而有古气，富简淡清逸、超绝脱俗之情趣，兼长水墨花卉。此画设色清雅，笔墨精练，画面意境清旷，笔墨秀润峭利，至令景物清隽生动、形象逼真。

最近，有同学来问国画技法，余在此略述一些。我国国画的技法自古流传的不少，但常用者或有独特之处归纳如下：

（1）十八描：指人物画中衣服褶纹的描绘方法，又有"古今描法一十八"之称。此法在明代·周履靖的《夷门广牍》和江珂玉的《珊瑚网》中有讲述，简称"十八描"——即高古游丝描（顾恺之）、铁线描、行云流水描、马蝗描（又名"兰叶描"，马和之）、钉头鼠尾描（武洞清）、混描、撅头描（马远、夏圭）、曹衣描（曹不兴）、折芦描（梁楷）、橄榄描（颜辉）、枣核描、柳叶描（吴道子）、竹叶描、战笔水纹描、减笔描（马远、梁楷）、柴笔描、蚯蚓描。

（2）双勾：就是用线条勾描物像的轮廓，又名"勾勒"。因其基本是用左右或上下两笔勾描合拢，故又名"双勾"，多用于工笔花鸟画。

（3）白描：指用墨线勾描物体而不加色彩的一种手法。唐代的吴道子、北宋的李公麟、元代的赵孟頫等都是白描的高手。

（4）皴法：指一种表现山石、树皮纹路的用笔方法。对历代画家根据山石的不同结构、质感、树木的纹理所创造的表现形式，是后人根据前人的经验以及对大自然的体会所总结的不同手法。而历代下来，皴法主要有以下几种：披麻皴（董源、巨然）、直擦皴（关仝、李成）、雨点皴（范宽）、卷云皴（李成、郭熙）、解索皴（王蒙）、牛毛皴（王蒙）、荷叶皴（赵孟頫）、长斧劈柴皴（李唐、马远）、鬼脸皴（荆浩）、拖泥带水皴（米芾）、折带皴（倪瓒）、破网皴（吴伟）。树的皴法有：有鳞皴（松树皮）、绳皴（柏树皮）、文叉麻皮皴（柳树皮）、点擦横皴（梅树皮）、横皴（梧桐树皮）。

（5）没骨：指一种不用笔勾、墨画为骨，而直接用色彩涂抹、描绘物体的一种手法。五代黄荃所画花卉，勾勒用笔较细，着色后几乎不见笔迹，遂有"没骨花枝"之称；后来到北宋时期，有画家徐崇嗣学黄荃之手法，所绘花卉更是不加墨线勾线，只用彩色画成，世称"没骨画"，后人将此类画法称之为"没骨法"。

（6）泼墨：指将墨泼于纸上后，随其形状画出景物的一种手法。相传唐代的王洽，曾以墨于纸上而画出形神兼顾的画作，遂成绘画的创作方式。后世将用笔水墨饱满、淋漓尽致、气势磅礴的手法称之为"泼墨"。

5. 髡残

髡残，湖南武陵（今常德）人。字介丘，号石溪，又号白秃，一号壤，自称"残道人"，晚年署名"石道人"；在画坛上与石涛并称"二石"，又与程正揆并称"二溪"。

据说，其母梦僧人入室而孕，因而他年岁稍长，总以为自己前生是僧人，故常思出家。程正揆在《石溪小传》中说髡残"廿岁削发为僧，参学诸方，皆器重之"。髡残自幼爱好绘画，年轻时放弃求取功名，20岁削发为僧，云游名山；30岁时明朝灭亡，他参加了何腾蛟的反清队伍，抗清失败后，避难常德桃花源。

髡残善绘画，尤其精于山水；绘画技法宗法黄公望、王蒙，早期基础出于明代谢时臣，所融之技法可上追元代四大家及北宋之巨然，曾说：

"若荆、关、董、巨四者,得其心法惟巨然一人。巨然媲美于前,谓余不可继迹于后。"他习学元代四家以及明代大画家董其昌的画法,同时敢于"变其法以适意",并以书法入画,不做临摹效颦,此真可见其重情用心、重视笔墨技法之处。

他在艺术上主张抒发个性,敢于创新,反对古板陈旧、墨守陈规,其作品充满质朴的感情,似不假造作、真挚感人,故而风格独特,于当时成就最为突出,对后世影响很大。

髡残的山水画章法稳健,繁杂严密而不堵,郁茂浓厚而不塞,景色不以新奇取胜,而以平凡见其幽深处其善用雄健之秃笔和渴墨,层层皴擦勾染,厚重而不板滞,秃笔而不干枯,是以他的作品具有"奥境奇辟,缅邈幽深、引人入胜"的艺术境界。

他平生喜游历名山大川,对大自然之博大神奇有其独到的领会,后住在南京牛首山幽栖寺。曾自谓平生有三惭愧:"常惭愧这只脚,不曾阅历天下多山;又常惭此两眼钝置,不能读万卷书;又惭两耳,未尝记受智者教诲。"

髡残的性格比较孤僻,书中云他"鲠直若五石弓,寡交识,辄终日不语"。对于禅学,他亦有独到之体悟,能"自证自悟,如狮子独行,不求伴侣者也"。他的画学,在当时已有相当造诣,受到周亮工、龚贤、陈舒、程正揆等人的推崇,因而他在当时的佛教界和艺术界皆有很高的声望。

髡残从事绘画比他人艰难,也付出更多心力,因其一生多受病痛折磨,可能与他早年避兵隐居桃源深处有关,但他从未放逸其心。他尝在

《溪山无尽图卷》自题省悟之语，颇为感人。其语云："大凡天地生人，宜清勤自持，不可懒惰。若当得个懒字，便是懒汉，终无用处。出家人若懒，则佛相不得庄严而千家不能一钵也。神三教同是。残衲时住牛首山房，朝夕焚诵，稍余一刻，必登山选胜，一有所得，随笔作山水画数幅或字一两段，总之不放闲过。所谓静生动，动必做出一番事业，端教作一个人立于天地间无愧。若忽忽不知，惰而不觉，何异于草木！"

张庚在《国朝画征录·髡残传》中有评云"石溪工山水，奥境奇辟，缅邈幽深，引人入胜。笔墨高古，设色精湛，诚元人之胜概也。此种笔法不见于世久矣！"由此可见，髡残之画深得元代四大家之精髓。

6. 弘仁

弘仁，明末清初画家，僧人，安徽歙县人。俗姓钱，名韬，字六奇；明末诸生（秀才），明亡后出家，法名弘仁，字无智，别名渐江，自号渐江学人，又号渐江僧、无智、梅花老衲。自幼丧父，家贫，事母至孝，一生未娶。

他是明末秀才，明亡后，有志抗清，离歙赴闽，入武夷山为僧，师从古航禅师；云游各地后回歙县，住西郊太平兴国寺和五明寺，经常往来于黄山、雁荡山之间；工诗文、书法，其诗多从家国身世有感而发，其中尤以民族感情至为强烈。其人画风萧散淡泊、简洁冷峭。

他擅画山水，取法宋元诸家，尤喜倪瓒（云林），师其法而用功最多；虽尊师法，但又不拘于师法，并能独自创新，所谓"师法自然，独辟蹊径"可作他艺术生涯的注脚。他的作品多画黄山，构图简洁，山石方折，险峰壁立，奇松倒挂；笔墨秀逸而凝重，意境宏阔亦淡远；其画气势峻伟，先声夺人；其人亦善画梅，绘画多得梅花疏枝淡蕊、冷艳寒香之韵致。

弘仁早年从学孙无修，中年师从萧云从，从宋元各家入手，后来师法"元代四家"，尤崇倪瓒画法，作品中如《清溪雨界》《秋林图》《古槎短荻图》等取景清新，多有云林遗意。他对倪瓒十分崇拜，曾于画中题诗云："迁翁笔墨予家宝，岁岁焚香供作师"，可见其尊重如斯。

弘仁以画黄山而闻名，世人谓"得黄山之真性情"，笔墨苍劲整洁，富秀逸之气，给人以清新之意趣。与石涛、梅清成同为"黄山画派"中的代表人物。查士标在他的山水画题云："渐公画入武夷而一变，归黄山而一奇。"

弘仁的绘画于当时及后世皆享誉极高，后人将其与髡残、朱耷、石涛合称"清初四高僧"；又与汪之瑞、查士标、孙逸合称为"新安派四大家"，又称"海阳四家"，弘仁居首位。学他画风的有祝昌、高翔、秦涵等人。

张庚在《国朝画征录》中说："新安画多宗清（倪瓒）者，盖渐师道先路也。"代表作有《乔松羽土图》《松石图》《黄山蟠龙松》《梅屋松泉图》《黄海松石图》等。

浅谈篆刻

缘起

承蒙诸位抬举，说我于篆刻有所深研，这些话实在过誉。既然诸位对敝人学篆刻的事感兴趣，那么敝人就略述个中简概，以供诸位参考！因我国篆刻艺术源远流长，从头讲起，恐篇幅太长而时间不许，故今日先略讲明代以前的篆刻发展，之后将从明代流派开讲——因明代以前，篆刻多用于官府，文人士子亦多不涉及；明以后，篆刻方为文人所自习，遂成文化大观。

篆刻，自商周始即应用于政治中，后影响所及更广，举凡政治、经济、军事、法律、文化、艺术乃至宗教，无不产生过密切联系；且其美术价值极高，故与书法、绘画最终鼎足而立，故不可轻视其艺术特性。经过几千年的发展与变革，至明清之际蔚为大观，终成独立之艺术。

篆刻起源，据考起自商周，那时多用于帝王之玺或官府之印。至春秋战国时期，刻印已有私用，间有当着饰物者；因当时小国林立，故篆刻之印因文化之差异而风格各异。

全秦汉时期，篆刻之法更趋成熟，因文化成就所影响——尤其汉代篆刻，其印面篆文与处理方法，一直为所世篆刻家追求的艺术境界，认为那是篆刻艺术难以逾越的艺术巅峰。

经魏晋南北朝而到隋唐时，因文化的高度发展，故篆刻也呈现出"中兴"气象——其中尤其是因皇帝的收藏以及用于鉴赏字画之印，因而隋唐时篆刻在继承之上有所发展。

到宋元时期，官印、私印比前代都有所增加，且于此时出现了文人自篆自刻的现象了，后人将元朝王冕视为文人自刻印章之第一人；又因赵孟𫖯、吾丘衍等文人提出篆刻复古的思想，加之古印谱的汇集与印刷业的发达，因而开文人篆刻之先河。此时的篆刻著作，较有名者如钱选的《钱氏印谱》、赵孟𫖯的《印史》（一卷）、吾丘衍的《古印式》（二卷）、吴睿的《汉晋印章图谱》、杨遵的《杨氏集古印谱》、陶宗仪的《古人印式》等，故篆刻至元代时已有长足的发展。

至明代时期，因文彭、何震、苏宣等人的爱好与成就，加上古印谱的印刷与流通，故令篆刻艺术于明朝一代大放异彩，后形成了不少流派；其中，以文彭、何震、苏宣最为杰出。

到清代时，篆刻更是达到空前的发展，其成就几可与汉代比肩。其时主要以汲古、创新为特色，流派纷现，个性分明，且不乏篆刻之大家，令篆刻又达一座新高峰。

以上为篆刻之艺术特点，简述如上，以利综观，详情容后再述。

一、明代篆刻

前面讲到，篆刻至元代时，已从官印扩充到私印，并出现文人自刻自篆之风。这主要是因为宫廷及民间辑录的古印谱增多；加上大书法家赵孟𫖯、吾丘衍等人的提倡；又因印刷业的发达，令印谱流传渐广，故篆刻至元代，不但开文人自刻之先河，且开复兴之气象。

明代时期，因印刷之便利、石材多样化，以及印学理论之兴起，于是文人篆刻渐成风气，致使文人流派异军突起，成为明代艺术风景线上一道亮丽的景色。其中，文彭、何震二人被世人认为是明后期最杰出的两大印家，对当时篆刻艺术影响极大。

1. 文彭

文彭，字寿承，号三桥，长洲（今江苏苏州市）人，书法家文徵明的长子，与弟弟文嘉一起称誉艺坛；曾任两京国子临博士，故世称"文博士"，他是明代中期著名的篆刻家，是明代篆刻史上的先驱者。

文彭曾尝试将青田石作刻印材料，很成功，后被文人广泛采用和传播；又因其身份显赫，又开风气之先河，故后人公认其为明代篆刻之领袖。时人对他评价较高，如朱简云："德靖之间，吴郡文博士寿承氏崛起，树帜坫坛……自三桥而下，无不人人斯籀，字字秦汉，猗欤盛哉！"可见其影响所及。

文彭刻"文彭之印"

据明·王野的评论，文彭的篆刻作品"法虽出入，而以天韵胜"。以其作品观之，其印以安逸清丽为主调，刻意师法汉代，但亦有宋元之遗风。以其书画作品上的钤印考之，后世认为出自文彭之手的，如"文彭之印"（朱、白各一）、"文寿承氏""文寿承父""寿承氏""三桥居士"等；常见者为"寿承氏""七十二峰深处"二印。这些印的四周边栏都呈现严重剥蚀状，颇似金石所印效果，而这种洁净的篆法配以古朴边栏的处理方法，成为后世修饰印面技艺之先声。

综观其于篆刻之贡献，可分为二：一是开创以石材刻印，后遂成风气，开辟了石章之先河；二是师法秦汉，摈除宋元之流弊，有承前启后之功绩。他所开创的"吴门派"（亦称"三桥派"），开篆刻流派之端绪，故后人将他视为流派篆刻之开祖。

2. 何震

何震，字长卿，又字主臣，号雪渔，安徽婺源人（婺源，明清时期属于安徽徽州，现划归江西管辖，明代《徽州府志》《安徽通志》有记载），明代著名篆刻家，与文彭合称为"文何派"。

何震一生曾游历过江苏、浙江、上海、福建等地，是一位终生靠卖印为生的篆刻家。早年客居南京，曾与文彭探讨六书，终日不休。后来，由友人江道昆（著名文学家，官至兵部左侍郎）引荐，后遍历边塞，因篆艺精到，故而名噪一时；晚年又回到南京，后居承恩精舍，"直至无钱，主僧为之含殓"。

何震一生对篆刻痴迷，而贡献亦大。他的作品多呈苍劲老练、持重稳重之势，用力刚猛，线条犀利，如"云中白鹤"一印即是；其他易见之精品，如"沽酒听渔歌""兰雪堂"等印。

他的印颇具秦汉章法，对其作品也推崇倍至，说其"白文如晴霞散绮、玉树临风，朱文如荷花映水、文鸳戏波……莫不各臻其妙，秦汉以后一人而已"。董其昌更有"小玺私印，古人皆用铜玉。刻石盛于近世，非古也；然为之者多名手，文寿承、许元复其最著已。新都何长卿从后起，一以吾乡顾氏《印薮》为师，规规帖帖，如临书摹画，几令文、许两君子无处着脚"

何震刻"云中白鹤"

之语。

后于明万历二十八年（1600年）辑自刻印而成印谱，取名《何雪渔印选》，开印家汇编自刻印之先河，颇具开拓之精神。时人称他的成就为"近代名手，海人推为第一"，诚实语也。

他后来开创了"雪渔派"，篆刻风格影响当时篆刻界，乃至整个文化艺术界及政治用途，其后延续至明末清初，可见其印影响之大！时人多争相收藏其所篆之印——"工金石篆刻，海内图书出其手者，争传宝之。生平不刻佳石及镌人氏号，故及今流传尚不乏云"（《徽州府志》，1699）。

3. 苏宣

苏宣，字尔宣，安徽歙县人，篆刻曾得文彭的传授，但受何震的影响较大。其印中精品有"啸民""苏宣之印""流风回雪"等，所治之印，篆法自然，刚劲有力，既有何派之猛利，亦掺以自家之平实，故别具一番新气象。

苏宣刻"流风回雪"

他在晚年总结治印心得时说："始于摹拟，终于变化，变者愈多，化者愈化，而所谓摹拟者愈工巧焉。"其印与何震的"神而化之"是相承的，故明·吴钧赞叹其印"雄健"，有浑朴豪放之势。苏宣亦曾感慨云："余于此道，古讨今论，师研友习，点画之偏正，形声之清浊，必极其意法法，逮四十余年，其苦心何如！"

他曾在文彭家设馆，得文彭传授篆法；后纵览秦汉玺印，深得汉印的布白之妙，在朱、白文的处理上充分汲取了斑驳气息，多追求金石气息；

因其印古朴苍浑，故名扬海内。因他的篆刻在当时颇有名气，仅次于文、何，时人称他与文彭、何震三家鼎立，曾著有《苏氏印略》，计四卷。

4. 朱简

朱简，明代篆刻家，字修能，号畸臣，后改名闻，安徽修宁人。

其人工诗文，精研古代篆体，师事陈继儒。曾从友人收藏品中看过大量的古印原拓本，后来花了两年时间精心摹刻，编成《印品》二集，对于后人分辨印章真假、考证玺印、深研章法都有极大好处；并首创印学批评，提出篆刻分"神、妙、能、逸"四品，为其独到见解。其印有"董玄宰""董其昌""陈继儒""冯梦祯印"等，可谓其代表作。

其篆刻着重笔意，以切刻石，后自成一家。他曾在《印章要论》中说："印始于商周，盛于汉，沿于晋，滥觞于六朝，废弛于唐宋，元复变体，亦词曲之于诗，似诗而非诗矣。""印谱自宣和始，其后王顺伯、颜叔夏、晁克一、姜夔、赵子昂、吾子行、杨宗道、王子弁、叶景修、钱舜举、吴思孟、沈润卿、郎叔宝、朱伯盛，为谱者十数家，谱而谱之，不无遗珠存砾、以鲁为鱼者矣。今上海顾氏以其家所藏铜玉印，暨嘉禾项氏所藏不下四千方，歙人王延年为鉴定出宋元十之二，而以王顺伯、沈润卿等谱合之木刻为《集古印薮》，裒集之功可谓博矣。然而玉石并陈、真赝不分，岂足为印家董狐耶？"可见其涉猎及领悟颇深。

对于篆法，他认为"石鼓文是古今第一篆法，次则峄山碑、诅楚文。商周秦汉款识碑帖印章等字，刻诸金石者，庶几古法犹存，须访旧本观之。其他传写诸书及近人翻刻新本，全失古法，不足信也。"此可谓至论，值得我辈深思！

善诗，与李流芳、赵宦光、陈继儒等交往较密；由于他的广见博闻，故其在印学理论上的造诣颇深，著有《印品》《印经》《菌阁藏印》《修能印谱》行世。

5. 汪关

汪关，原名东阳，字杲叔，后得一方汉代"汪关"古铜印，遂改名汪关，后更字尹子，安徽歙县人；汪关不仅痴迷收藏，还喜钻研秦汉古玺印章，并潜心摹刻；他的儿子汪泓在其影响下亦爱上刻印。汪关父子开创了一种明快工稳、恬静秀美的印风，深得众人青睐；但因过于痴迷，故得"大痴""小痴"之雅号。

汪关父子的印风对后世影响较大。与他们同时代的著名书画家、篆刻家李流芳在《题杲叔印谱》中赞道："今世以此道行者，自长卿（何震）而后，有苏啸民、陈文叔、朱修能诸人，独杲叔（汪关）独痴，足迹不出海隅，世无知之者。然能淹有汉、宋、元之长，而独行其意于刀笔之外者，不得不推杲叔。吾谓长卿之后，杲叔一人而已。世有知者，当不以吾言为妄也。"可见其于艺术追求之执著不同一般。

汪关治印朴茂稳实，仿汉印神形俱备，他治印，善使冲刀，刀法朴茂稳实，章法一丝不苟，深得汉印神韵，边款亦有功力，为明人追摹汉法之开创者，令当时印坛面目一新，受其影响者有沈世和、林皋等；著有《宝印斋印式》二卷行世。

6. 明代印谱

明代时期，文人或篆家汇集古印而辑成谱者众，可谓"蔚然成风"，其中最有影响的当推明万历年间顾从德所汇集之《印薮》（木刻本）——

此谱原拓本名为《集古印谱》，初仅拓20部，"虽好者难睹真容"，在当时影响极大。三年后又作修订，屡经翻版，故流传极广，对当时篆刻的传播与推广有较大的影响。

当时，大部份篆刻家集中在以南京、苏州为中心的江南，故篆刻与文学、书法、绘画交流较密；而不少书画名家也乐于自刻自篆，如文彭、赵宦光、朱简、李流芳等人。由于印学理论在发展中形成了两派意见，即主张复古和反对复古，因而促进了印学理论的进步。而明代的印学著作最为杰出者，当推周应愿的《印说》、朱简的《印品》和徐上达的《印法参同》。《印说》一书所涉甚广，论议中常有精要之言，并对时兴之石章镌刻法总结出六种刀法之害，对后世影响极大；它还于中提出了审美之见解，可算得上是篆刻美学开创性作品。而《印品》一书，是朱简广交印家及收藏家，看过他们收集的古今印章近万枚，共花了14年时间摹刻了自周秦至元明间的各类玺印刻章，并详加评论，而编成《印品》一书，共计五册。《印法参同》一书，是徐上达对篆刻技法与理论的深入和发挥，颇具艺术价值，对明代及清代的印学有极大的贡献。

二、清代篆刻

习书法篆刻，宜从《说文》的篆字入手，隶、楷、行等辅之；书法篆刻作品皆宜作图案观，古人云"七分章法，三分书法"，谓为信然，诚为笃论。于常人所注之字画、笔法、笔力、结构、神韵，乃至某碑某帖某派，吾人皆一致屏除，不刻意用心揣摩，此为自见，不知当否？

篆刻之法，亦应求自然之天趣，刻印亦可用图画的原则，并应注重章法布局。篆刻工具，可用刀尾扁尖而平齐若锥状之刻刀，因锥形之刀仅能刻白文，如以铁笔写字也；扁尖形之刀可刻朱文，终不免雕琢之痕，不若以锥形刀刻白文，能得自然之天趣也。此为敝人之创论，不知当否？

敝人写字时，皆依西洋画图案之原则，竭力配置、调和全纸整体之形状，故朽人所写之字，应作一张图案画观之则可矣，决不用心揣摩。不唯写字，刻印也是相同的道理。无论写字、刻印，道理是相通的；而"字如其人"，某人所写之字或刻印，多能表现作者之性格（此乃自然流露，非是故意表示）。体现朽人之字者：平淡、恬静、冲逸之致是也，诸君作参照可也。

篆刻印章起源甚早，据《汉书·祭祀志》载："自五帝始有书契，至于三王，俗化雕文，诈伪渐兴，始有印玺，以检奸萌。"可见，远在三千七百多年前的殷商时代，便有刻字艺术了。

到了周代，以青铜质为主的"周玺"大为兴起，形状各异，一般分为白文、朱文两种。至秦代，因文字由"籀书"渐演变成篆书，而印之形式亦趋广泛，故印文圆润苍劲，笔势挺拔。

至汉代，篆刻艺术颇为兴盛，所刻之印，史称"汉印"，其字体由小篆演变成"隶篆"。汉印的印制、印纽亦十分精美。西泠八家之一的奚冈曾有"印之宗汉也，如诗文宗唐，字文宗晋"之语，可视为综述。

唐宋之际，印章体制仍以篆书为主。直到明清两代，印人辈出，篆刻便以篆书为基础，而佐以雕刻之法，于印面中表现疏密、离合之形态，篆刻遂由雕镂铭刻转为治印之举。

而尤其是清朝一代，大家辈出，流派纷立，据周亮工的《印人传》记载不下 120 余人。其中，标新立异者有之，奉行古法者有之，风格及式样层出不穷，致令篆刻之艺蔚为大观。其成就可与汉代媲美，因得力于古物之出土渐多，故有参照、临摹之便，因吸取商周秦汉古印之力，乃有清代之杰出成就。

其中，以程邃、巴慰祖、丁敬、蒋仁、黄易、奚冈、陈豫钟、陈鸿寿、赵之琛、钱松（后八人，后世称为"西泠八家"，亦称"浙派"）最为有名；另有"邓派"代表人物邓石如、吴熙载、徐三庚等，均为篆刻高手。

以下，就其生平及篆刻作品略加讲述，以作借鉴之用。

1. 程邃

程邃，清代著名篆条刻家、画家，字穆倩，号垢区，别号垢道人、江东布衣，安徽歙县人氏。其篆刻风格，于文、何、汪、朱之外，别树一帜，是后期皖派的代表人物，与巴慰祖、胡唐、汪肇龙合称"歙中四家"；善用冲刀，凝重淳厚，为"徽派"主要代表人物。

其刻印，精研汉法而能自见笔意，故时人多宗之。为人博雅好结纳，亦精于医。其篆刻取法秦汉，玺印，白文运刀如笔，凝重有力；朱文喜用大篆作印文，章法整齐，风格古拙浑朴，边款刻字不多，但凝练深厚，开清代篆刻中皖派先河。

程邃治印，初宗文、何，然时印学界多为文、何所拘，陈陈相因，久无生气。程邃能继朱简之后，力求变法，以古籀、钟鼎文入印，尤其是尽收秦汉朱文印之特点长处，出以离奇错落之手法别立门户，开创皖派新局面。周亮工《印人传》

程邃作《寒山古寺图》

称："黄山程穆倩邃以诗文书画奔走天下，偶然作印，乃力变文、何旧习，世翕然之。"

其印如"程邃之印"，章法严谨、风格古朴；又如"穆倩"一印，颇似古印，有秦汉之韵。综观其传世印作，可知其章法严谨，篆法苍润渊秀。以冲刀代笔，运刀取法汪关，而凝重则过之，能够充分表达笔意。

2. 巴慰祖

巴慰祖，字隽堂、晋堂，号予籍，又号子安，莲舫，歙县渔梁人。其家为经商世家，家庭中曾出巴廷梅、巴慰祖、巴树谷、巴树烜、巴光荣四代五位篆刻家；其中，巴慰祖从小就爱好刻印，自谓"慰糠秕小生，粗涉篆籀，读书之暇，铁笔时操，金石之癖，略同嗜痂"。

巴慰祖爱好颇多，且无所不学，故多才多能。他家中所藏法书、名画、金石文字、钟鼎铭文很多，故自小养成摹印练字之习。巴慰祖与程邃、胡唐、汪肇龙同列为"歙四家"，为光大徽派篆刻艺术贡献非小；与汪肇龙、胡唐二人相比，巴慰祖声誉最隆。

他临摹的天赋颇高，喜欢仿制古器物，并能如旧器相似，有精于鉴赏者亦不能辨伪的。其篆刻浸淫秦汉印章，旁及钟鼎款识，功力颇深。早期印作趋于雅妍细润、端整纯正，晚期印风则趋于浑朴、古拙。汪肇龙、巴慰祖、胡唐三人中，以巴慰祖声誉最隆，交游也广。

巴慰祖的外甥胡唐，在舅舅的影响和带动下，也酷爱篆刻。由于巴慰祖嗜好刻印，所以二子及孙子、外甥亦好印，以致不能安心经商，到了晚年而家道中落，后以作书、篆刻为生；晚年虽然并不富有，但并没有影响其追求篆刻之境界，后以篆印独特而声名流传。

其篆刻风格，简洁和谐，于平和中得见厚重，疏朗中不失平稳，如"下里巴人""大书典簿"。

3. 丁敬

丁敬，清代杰出篆刻家。字敬身，号钝丁，别号龙泓山人，浙江钱塘（今浙江杭州）人。

丁敬出身于商贾之家，生平矢志向学，工诗文，善书法、绘画，尤究心于金石、碑版文字的探源考异。篆刻宗法秦汉，能得其神韵，能吸取秦汉以及前人刻印之长为己所用。他强调刀法的重要性，主张用刀要突出笔意。擅长以切刀法刻印，苍劲质朴，别树一帜，开创"浙派"，世称"浙派鼻祖"，为"西泠八大家"之首。

丁敬像

他酷爱篆刻，吸取秦、汉印篆和前人长处，又常探寻西湖群山、寺庙、塔幢、碑铭等石刻铭文，亲临摹拓，不惜重金购得铜石器铭和印谱珍本，精心研习，因此技法大进。兼工诗书画，诗文造句奇崛，尤擅长诗，与金农齐名。所辑《武林金石录》，为广搜博采西湖金石文字汇集而成，凡碑铭、题刻、摩崖、金石铭文等搜罗殆尽，有珍贵的艺术价值和历史价值；他还曾参与了汪启淑所辑《飞鸿堂印谱》的厘订和篆刻。

其印"炳文"，印风尚流于妍媚，无古朴之态；"上下钓鱼山人"一印也是这类风格；而"玉几翁"一印，线条朴实，刀法浑厚，初具"浙派"

之姿；"两湖三竺万壑千岩"一印有脱尘之韵，可见其修养；"徐观海印"则显非凡气势，印文结构齐整，刀法节冲并用，故另有一番风味。

4. 蒋仁

蒋仁，原名泰，字阶平，后来因得"蒋仁"古铜印，极为欣赏，遂改名为蒋仁，号山堂，别号吉罗居士、女床山民，浙江仁和（杭州）人。

蒋仁家境贫寒，一生与妻女过着超然尘俗的简朴生活。书法师颜真卿、孙过庭、杨凝式诸家，擅长行楷书。

蒋仁篆刻非常佩服丁敬，师其法，并能以拙朴见长，并有所创新。其作品于苍劲中甚得古意，另具天趣。所刻行书边款，得颜体书法之神，苍浑自然，别有韵致。其一生性情耿直，不轻易为人执刀落笔，故流传的作品不多。他的篆刻曾被彭超升进

蒋仁刻"蒋山堂"

士评为"当代第一"，蒋仁的《吉罗居士印谱》中只收录了二十六方印。

他对篆刻有较深之体悟，曾总结云："文可与画竹，胸有成竹，浓淡疏密，随手写去，自尔成局，其神理自足也。作印亦然，一印到手，意兴俱至，下笔立就，神韵皆妙，可入高人之目，方为能手。不然，直俗工耳。"其常见之印，有"丁敬身印""无地不乐""蒋山堂印"等。

5. 黄易

黄易，号小松，钱塘人。出身于金石世家，父亲黄树谷，工隶书，博通金石，故自幼承习家学，后因家贫故游历在外，后官至山东济宁府同知。

黄易能作诗着文，尤精于作词，而以金石书画名传于世。一生酷爱金石，在济宁府任间，广泛搜罗、保护碑刻，把所收金石碑铭三千多种，

后汇考辑录成《小蓬莱阁金石文字》一书，其中一半左右为前人所未见；此外，还收藏有历代古印、钱币、刀、鼎、炉、镜等数百种，并一一作了考释。其金石收藏品之多，甲于当时，故各方酷爱古玩金石的人都请黄易示其所收古物，被人称为"文艺金石巨家"，有《小蓬莱阁金石文字》《小蓬莱阁诗集》《秋景庵印谱》等著述行世。

他还善书，工隶，其书风格沉着有致，精于博古，在古隶法中参杂以钟鼎铭文，更现古朴雅厚。其篆刻作品，风格醇厚儒雅，为继承秦汉之优良传统。又精研六书摹印，为丁敬之高足，有"青出于蓝而胜于蓝"之誉，与丁敬并称"丁黄"。后人何元锡曾将二人印稿合辑成《丁黄印谱》。

黄易刻
"一笑百虑忘"

其篆刻师法丁敬，兼及宋元诸家，并有所创新，其工风稳生动，时人对他评价颇高。他的"一笑百虑忘"印，章法平中有奇，为成熟之白文印，刀法相继丁敬之风；而"乔木世臣"为朱文印，字体结构严谨，形态饱满，刀法胆大而手法精细，线条雄劲，故整方印显得十分大度。

6. 奚冈

奚冈，初名钢，字铁生，一字纯章，号箩龛，别署渚生、蒙泉外史、蒙道士、奚道士、野蝶子、散木居士，钱塘人。

他还工书法，9 岁即能隶书，后楷、行、草、篆、隶，无一不精，亦以绘画名于当时。其篆刻，宗法秦汉，为"浙派"名家。

"蒙泉外史"为白文印，寓拙于巧，为取汉印平正、浑朴之法，用切刀所刻，章法分布以字画多少而定大小，但整体浑若天成。

"龙尾山房"一印为奚冈朱文印的代表作，此印笔画多用弧线，弯曲成形，与常见的直线朱文印不同，故能独树一帜。印文用虚实相生的手法作似断非断之状，且边栏亦是虚实相间，显得内部饱满，外部相应，为其炉火纯青之作品。

奚冈刻
"龙尾山房"

7. 陈豫钟

陈豫钟，字浚仪，号秋堂，浙江杭州人，清代书法篆刻家，"西泠八家"之一。他喜好收藏金石文字，又精于墨拓，收集拓本数百种，为其学习、创作之基石。

工篆刻，早年师法文彭、何震，后学丁敬，作品工整秀致，边款尤为秀丽。精于小篆籀文，兼及秦汉印章。阮元任浙江督学时铸的文庙大钟和铭文，便是陈豫钟摹仿古文勾勒的，端整壮丽，极受赞赏。他爱好收集金石文字，积卷数百，见到名画佳砚，不惜重金收购，尤其爱好古铜印。并能书画，他的书法得李阳冰法，遒劲挺拔、苍雅圆劲，为时人所喜爱。曾辑录《古今画人传》《求是斋集》等著作行世。

他刻的"竹影庵"一印为朱文印，印文似汉代篆文，章法布局奇妙，因"竹"字笔画较少，故他将左下角边栏凿断，与右上角对应相呼，使布局平衡。

"振衣千仞"一印为白文印，线条刀迹显然，结字趋方，但各异其趣，风格秀丽文静，工稳而不失流动，为陈氏代表作。

8. 陈鸿寿

陈鸿寿，清代著名书法篆刻家，"西泠八家"之一。字子恭，号曼生，别号种榆道人，浙江钱塘（今杭州）人。

在篆刻上，他继承了丁敬、蒋仁、黄易、奚冈等人的风格。其篆书略带草书意味，喜用切刀，运刀犹如雷霆万钧，给人以苍茫浑厚、爽利奔放之感，使"浙派"面貌为之一新。他的风格对后世影响较深，与陈豫钟齐名，世称"二陈"。

他还善书，隶书奇绝，自成一体；行书亦清雅不俗。蒋宝龄在《墨林今话》中评他为："曼生酷嗜摩崖碑版，行楷古雅有法度，篆刻得之款识为多，精严古宕，人莫能及。"除此，陈鸿寿擅长竹刻，山水、花卉、兰竹，博学能诗，还善制作和识别茶具，公余之际常识别砂质，创作新样，自制铭句镌刻器上，曾风行一时，人称"曼生壶"。著有《桑连理馆诗集》《种榆仙馆印谱》等行世。

他所刻的"琴书诗画巢"一印，线条浑厚、苍劲，切刀痕迹显见，为浙派典型的朱文印风格；此印看似信手拈来，实则有法可循。而"南芗书画"一印，篆书笔法平稳，虽是仿汉印之作，但刀法从浙派中来，有稳如泰山之感。虽边栏破损任之，但全印却反呈苍劲浑朴之气势，这非得要有娴熟之刀法和深厚之功力不可，于此可见他的成就。

9. 赵之琛

赵之琛，清代著名的篆刻家，字次闲，号献父，钱塘（今浙江杭州）人。一生布衣，多才多艺，工诗文、书画，精通金石文字，尤其工篆刻，为"西泠八家"之一。

他的篆刻，初得陈豫钟传授，兼师黄易、奚冈、陈鸿寿。早年篆刻章法长方，善用冲刀，笔画如锯齿；后用切玉法，笔画纤细方折；边款以行楷书为之，笔画生辣细劲；晚年刀法和章法已无太大变化，多承师法。

他生性嗜古，长于金石文字，阮元所著《积古斋钟鼎彝器款识》中的古器文字，多半出自于他的手摹。他的印文结构不但秀美，且善于应变，用刀爽朗挺拔，楷书印款秀劲涩辣；其印作，曾得过陈鸿寿的推崇与赞许。印谱有《补罗迦室印谱》，著有《补罗迦室印集》行世。

他所刻印以切玉法驱刀最为有名，如"长乐无极老复丁""三碑乡里旧人家"二印即是仿汉切玉法，章法自然、清秀瘦劲，可见其所长。

10. 钱松

钱松，清代书法、篆刻家，初名松如，字叔盖，号耐青，浙江杭州人。擅作山水、花卉；工书，他的隶书、行书功力深厚，为时所重。

篆刻则得力于汉印，据称他曾手摹汉印二千方，赵之琛见后惊叹道："此丁、黄后一人，前明文、何诸家不及也。"

他的一生见闻广博，故于章法显出与众不同，并时出新意；刀法在总结前人经验之上，自创出一种切中带削的新刀法，立体感强，富于韵味。后，严荄将他与胡震的作品合编为《钱胡印谱》，亦有人将他个人作品汇辑成册，取名《铁庐印谱》。

他的刀法继承浙派风格，章法则取汉印结构，如"陈老莲""胡鼻山人宋绍圣后十二丁丑生"二印，一白一朱皆是，可见其学浙派之造诣功深。他用刀多是碎刀细切浅刻，温朴中而显浑厚，颇得汉印之意蕴，时人评誉甚高。赵之谦曾说："汉铜印妙处，不在斑驳，而在浑厚；学浑厚则全恃腕力，石性脆，刀所到处应手辄落，愈拙愈古，看似平平无奇，而殊不易貌。此事与予同志者，杭州钱叔盖一人而已。"

11. 邓石如

邓石如，清代著名书法家、篆刻家，原名琰，字石如，又名顽伯，号完白山人，又号完白、古浣子、游笈道人、凤水渔长、龙山樵长等，安徽怀宁人。

因家庭贫困，邓石如曾以砍柴卖饼维持生计，暇时随父亲学习书法和篆刻，甚工。后游寿州，入梅缪府中为客。梅氏家中有很多金石文字，因得以观赏历代吉金石刻，每日晨起即研墨，至夜分墨尽乃就寝，历时八年，艺乃大成，四体书功力极深，曹文植称之为"我（清）朝第一"。

他的篆刻得力于书法，篆法以"二李"（李斯、李冰阳）为宗，而纵横捭阖之妙则得力于史籀，间以隶意，故其印线条浑厚天成，体势奔放飘逸。朱文印取宋元章汉，白文印则以汉印为主，印风茂密多姿，章法疏密相应，刀路平实缓和。邓石如还开创了"以汉碑入汉印"的先例，弟子吴让之誉为"独有千古"。赵之谦对邓石如也是极为推崇，称邓石如"字画疏处可走马，密处不可通风，即印林无等等咒"。

邓石如刻"江流有声，断岸千尺"

邓石如刻"意与古会"

"江流有声，断岸千尺"一印是其代表作品，章法奇妙，文印俱佳，结构和谐，为邓氏难得一见之精品。"笔歌墨舞""意与古会"二印，笔意流畅，线条婉约，亦颇具正气。

其篆刻，刀法苍劲浑朴，婀娜多姿，冲破时人只取法秦汉铄印之局限，世称"邓派"，亦又称"皖派"者。风格所及，影响了包世臣、吴让之、赵之谦、吴咨、胡澍、徐三庚等人，是杰出之篆刻家。他的原石流传极少，存世有《完白山人篆刻偶成》《完白山人印谱》《邓石如印存》等。

12. 吴熙载

吴熙载，清代著名书画家、篆刻家，原名廷，字让之，亦作攘之，别号还有让翁、晚学生、晚学居士、言甫、言庵、方竹丈人等，江苏仪征人。

自小博学多能，善作四体书，恪守师法，尤精篆、隶，功力深厚，温婉圆润，收放有度。擅长金石考证，精通文字学。师事邓石如的学生包世臣，算是邓石如的再传弟子。

篆刻师法邓石如，以汉篆治印。对邓石如的篆刻，吴让之更在继承之上有所创造，故章法上更趋稳健、精练，刀法更加圆转、流畅，从而将邓石如"以笔意见胜"的风格推向高峰。

他的刀法运转自然，坚挺得势，较能表达笔意，晚年作品更入化境，对当代中、日印坛影响较大。著有《通鉴地理今释》《师慎轩印谱》《晋铜鼓斋印存》《吴熙载篆刻》等。晚清印人如徐三庚、赵之谦、吴昌硕等也都比较重视他的作品。

"足吾所好玩而老焉"一印，得邓石如章法之精髓，布局疏密天成，文字方圆互参，笔画舒展，虚实相生。

"砚山鉴藏石墨"一印也是吴熙载朱文印的代表作品。此印貌似无奇，排得均匀整齐，印文能显舒展开张之势，这得力他的秀挺书法。

"攘之手摹汉魏六朝"一印，印文排列自然，书体浑朴，繁简平衡，笔画转折自然得力于刻刀之轻灵，为以刀当笔之作品。

"吴熙载字攘之"印分三行，细线界隔，刀法畅达，线条圆劲且又浑穆，是创造性学习汉印的典范制作。

13. 徐三庚

徐三庚，清代著名书法、篆刻家，字辛谷，号袖海，浙江上虞人。

此人兼通书法、篆刻、竹刻，并精古玩，多才多艺。他的篆刻，早年曾追摹元明印风，后攻汉印，并学邓石如、吴让之等人；对陈鸿寿、赵之深等人风格深有研究；四十岁后参以汉篆、汉印结体及《天发神谶碑》意趣神采，颇见功力，风格飘逸、疏密有致，后自成一家，其印风有"吴带当风"之誉。

他的"徐三庚印""上于父"及"图鉴斋"等印，笔画圆润，字体浑朴，颇有汉印遗风。他运刀熟练，不加修饰，其行楷边款，刀法劲猛，自然得势，不失名家风范。

14. 清代印谱

明代之时，印谱汇集已然成风，印学理论亦是发达，尤其是顾从德所汇集之《印薮》《谱原拓本名为《集古印谱》)，对明清印学流派之兴起，贡献颇大。

明代晚期，有张灏辑录当时印人篆刻之印计二千余方，谱成名为《学山堂印谱》，录作者五十余人；到清康熙年间，有周亮工辑藏印一千五百余方，汇集成谱，名为《赖古堂印谱》，计百二十余人，此二谱对所世影响亦大。

另有丁敬的《武林金石录》、汪启淑的《飞鸿堂印谱》、蒋仁的《吉罗居士印谱》、黄易的《秋景庵印谱》、何元锡的《丁黄印谱》、陈豫钟的《求是斋印集》、陈鸿寿的《种榆仙馆印谱》以及邓石如的《完白山人印谱》等印谱，对后世影响亦非小，尤其是各大流派之印人必看之印谱。

　　清代之篆刻风行，除汇集印谱外，为印人立传亦是清朝所创之举，著名者有周亮工的《赖古堂别集·印人传》（三卷，亦名《印人传》）、汪启淑的《飞鸿堂印人传》（八卷，亦名《续印人传》）、黄易的《小蓬莱阁金石文字》、冯承辉的《历朝印识》和《国朝印识》等，为印人了解篆刻提供诸多方便，以功不少。

谈写字的方法

我到闽南这边来，已经有十年之久了。

前几年冬天的时候，我也常到南普陀寺来，看到大殿、观音殿及两廊旁边的栏杆上，排列了很多很多的花。尤其正在过年的时候，更是多得很，多得很。

其中有一种名叫"一品红"（闽南人称为圣诞花，其顶端之叶均作红色，学名为 Euphorbia Pulcherrima）的，颜色非常鲜明，非常好看，可以说是南国特有的一种风味，特有的色彩。每当残冬过去，春天快到来的时候，把它摆出来，好像是迎春的样子，而气象的确也为之一新。

我于去年冬天到这里来，心中本来预料着，以为可以看到许多的"一品红"了。岂知一到的时候，空空洞洞，所看到的，尽是其他的花草，因而感到很伤心。为什么？以前那么多的"一品红"，现在到哪里去了呢？找来找去，找了很久，只在那新功德楼的地方，发现了三棵，都是憔悴不堪，颜色不大鲜明很怨惨的样子。也没有什么人要去赏玩了。于是使我联想到佛教养正院：过去的时候，也曾经有很光荣的历史，像那些"一品红"一样，欣欣向荣，有无限的生机。可是现在，则有些衰败的气象了。

养正院开办已经三年了，这期间，自然有很多可纪念的史迹。可是观察其未来，则替它悲观，前途很不堪设想。我现在在南普陀这里，还可以看到养正院的招牌，下一次再来的时候，恐怕看不到了。这一次，也许可以说是我"最后的演讲"。

一

这一次所要讲的，是这里几位学生的意思——要我来讲关于写字的方法。

我想写字这一回事，是在家人的事；出家人讲究写字有什么意思呢？所以，这一次讲写字的方法，我觉得很不对。因为出家人假如只会写字，其他的学问一点也不知道，尤其不懂得佛法，那可以说是佛门的败类。须知出家人不懂得佛法，只会写字，那是可耻的。出家人唯一的本分，就是要懂得佛法，要研究佛法。不过，出家人并不是绝对不可以讲究写字的，但不可用全副精神。出家人固应对于佛法全力研究，而于有空的时候，写写字也未尝不可。写字如果写到了有个样子，能写对子、中堂来送与人，以作弘法的一种工具，也不是无益的。

倘然只能写得几个好字，若不专心学佛法，虽然人家赞美他的字写得怎样得好，那不过是"人以字传"而已。我觉得：出家人字虽然写得不好，若是很有道德，那么他的字是很珍贵的，结果都是能够"字以人传"。如果对于佛法没有研究，而且没有道德，纵能写得很好的字，这种人在佛教中是无足轻重的了。他的人本来是不足传的。即能"人以字传"——这是一桩可耻的事，就是在家人也是很可耻的。

今天虽然名为讲写字的方法，其实我的本意是要劝诸位来学佛法的。因为大家有了行持，能够研究佛法，才可利用闲暇时间，来谈谈写字的法子。

关于写字的源流、派别，以及笔法、章法、用墨……古人已经讲得很清楚了。而且有很多的书可以参考，我不必多讲。现在我只就个人关于写字的心得及经验，随便来说一说。

诸位写字的成绩很不错。但是每天每个人只限定写一张，而且只有一个样子，这是不对的。每天练习写字的时候，应该将篆书、大楷、中楷、小楷四个样子，都要多多地写与练习。如果没有时间，关于中楷可以略掉；至于其他的字样，是缺一不可的。且要多多地练习才对。

我有一点意见，要贡献给诸位。下面所说的几种方法，我认为是很重要的。

二

我对于发心学字的人，总是劝他们先由篆字学起。为什么呢？有几种理由：

（一）可以顺便研究《说文》，对于文字学，便可以有一点常识了。因为一个字一个字都有它的来源，并不是凭空虚构的，关于一笔一划，都不能随随便便乱写的。若不学篆书，不研究《说文》，对于字学及文字的起源就不能明白——简直可以说是不认得字啊！所以写字若由篆书入手，不但写字会进步，而且也很有兴味的。

（二）能写篆字以后，再学楷书，写字时一笔一划，也就不会写错的了。我以前看到养正院几位学生所抄写的稿子，写错的字很多很多。要晓得：写错了字，是很可耻的——这正如学英文的人一样，不能把字母拼错一个。若拼错了字，人家怎么认识呢？写错了我们自己的汉文字，更是不可以的。我们若先学会了篆书，再写楷字时，那就可以免掉很多错误。此外，写篆字也可以为写隶书、楷书、行书的基础。学会了篆字之后，对于写隶书、楷书、行书就都很容易——因为篆书是各种写字的根本。

若要写篆字的话，可先参看《说文》这一类的书。有一部清人吴大澂的《说文部首》，那是不可缺少的。因为这部书很好，便于初学，如果要学写字的话，先研究这一部书最好。

既然要发心学写字的话，除了写篆字而外，还有大楷、中楷、小楷，这几样都应当写。我以前小孩子的时候，都通通写过的。至于要学一尺、二尺的字，有一个很简便的方法：那就可用大砖来写，平常把四块大砖拼合起来，做成桌子的样子，而且用架子架起来，也可当桌子用；要学写大字，却很方便，而且一物可供两用了。

大笔怎样得到呢？可用麻扎起来做大笔，要写时，就可以任意挥毫。大砖在南方也许不多，这里倒有一个方法可以替代：就是用水门汀拼起来成为桌子。而用麻来写字，都是一样的。这样一来，既可练习写字，而纸及笔，也就经济得多了。

篆书、隶书乃至行书都要写，样样都要学才好；一切碑帖也都要读，至少要浏览一下才可以。照以上的方法学了一个时期以后，才可专写一种或专写一体。这是由博而约的方法。

三

至于用笔呢？算起来有很多种，如羊毫、狼毫、兔毫等。普通是用羊毫、紫毫及狼毫亦可用，并不限定哪一种。最要注意的一点：就是写大字须用大笔，千万不可用小笔！用小的笔写大字，那是很错误的。宁可用大笔写小字，不可以用小笔写大字。

还有纸的问题。市上所售的油光纸是很便宜的，但太光滑很难写。若用本地所产的粗纸，就无此毛病的了。我的意思：高年级的同学可用粗纸，低年级的可用油光纸。

此地所用的有格子的纸，是不大适合的，和我们从前的九宫格的纸不同。以我的习惯而论，我用九宫格的方法，就不是这个样子。

若用这种格子的纸，写起字来，是很方便的，这样一来，每个字都是有规矩绳墨可守的。如写大楷时，两线相交的地方，成了一个十字形，就不致上下左右不相对称了。要晓得：写字总不能随随便便。每个字的地位要很正，要不偏左不偏右，不上不下，要有一定的标准。因为线有中心点，初学时注意此线，则写起来，自然会适中很"落位"了。

平常写字时，写这个字，眼睛专看这个字，其余的字就不管，这也是不对的。因为上面的字，与下面的字都有关系的——即全部分的字，不论上下左右，都须连贯才可以。这一点很要紧，须十分注意。不可以只管写一个字，其余的一切不去管它。因为写字要使全体都能够配合，不能单就每个字去看的。

再有一点须注意的：当我们写字的时候，切不可倚在桌上，须使腕高高地悬起来，才可以运用如意。

写中楷悬腕固好，假如肘部要倚着，那也无妨。至于小楷，则可以倚在桌上，不必悬腕的。

四

以上所说的，是写字的初步法门。现在顺便讲讲关于写对联、中堂、横披、条幅的方法。

我们写对联或中堂，就所写的一幅字而论，是应该有章法的。普通的一幅中堂，论起优劣来，有几种要素需注意的。现在估量其应得的分数如下：

章法，五十分

字，三十五分

墨色，五分

印章，十分

就以上四种要素合起来，总分数可以算一百分。其中并没有平均的分数。我觉得其差异及分配法，当照上面所分配的样子才可以。

一般人认为每个字都很要紧，然而依照上面的记分，只有三十五分。大家也许要怀疑，为什么章法反而分数占多数呢？就章法本身而论，它之所以占着重要的原因，理由很简单，在艺术上有所谓三原则。即：

（一）统一

（二）变化

（三）整齐

这在西洋绘画方面被认为是很重要的。我便借来用在此地，以批评一幅字的好坏。我们随便写一张字，无论中堂或对联，普通将字排起来，或横或直，首先要能够统一：字与字之间，彼此必须相联络、互相关系才好。但是单指统一也不能的，呆板也是不可以的，须当变化才好。若变化得太厉害，乱七八糟，当然不好看。所以必须注意彼此互相联络、互相关系才可以。

就写字的章法而论大略如此。说起来虽很简单，却不是一蹴而就的。这需要经验的，多多地练习，多看古人的书法以及碑帖，养成赏鉴艺术的眼光，自己能常去体认，从经验中体会出来，然后才可以慢慢地养成并有所成就。

所谓墨色要怎样才可以？即质料要好，而墨色要光亮才对。还有印章盖坏了，也是不可以的。盖的地方要位置设中，很落位才对。所谓印章，当然要刻得好；印章上的字须写得好。至于印色，也当然要好的。盖用时，可以盖一颗、两颗。印章有圆的、方的、大的、小的不一，且有种种的区别。如何区别及使用呢？那就要于写字之后再注意盖用，因为它也可以补救写字时章法的不足。

五

以上所说的，是关于写字的基本法则。可当作一种规矩及准绳讲，不过是一种呆板的方法而已。

写字最好的方法是怎样？用哪一种的方法才可以达到顶好顶好的呢？我想诸位一定很热心地要问。

我想了又想，觉得想要写好字，还是要多多地练习，多看碑，多看帖才对，那就自然可以写得好了。

诸位或者要说，这是普通的方法，假如要达到最高的境界需如何呢？我没有办法再回答。曾记得《法华经》有云："是法非思量分别之所能解。"我便借用

舍離眾惱
成就佛身
見一切佛
昇無上堂

李叔同书法

这句子，只改了一个字，那就是"是字非思量分别之所能解"了。因为世间上无论哪一种艺术，都是非思量分别之所能解的。

即以写字来说，也是要非思量分别，才可以写得好的。同时要离开思量分别，才可以鉴赏艺术，才能达到艺术的最上乘的境界。

示现生老病死患
捨離貪欲瞋恚癡

李叔同书法

记得古来有一位禅宗的大师，有一次人家请他上堂说法，当时台下的听众很多，他登台后默默地坐了一会儿，以后即说："说法已毕。"便下堂了。所以，今天就写字而论，讲到这里，我也只好说"谈写字已毕"了。

假如诸位用一张白纸（完全是白的），没有写上一

李叔同书法

个字，送给教你们写字的法师看，那么他一定说："善哉善哉！写得好，写得好！"

诸位听了我所讲的以后，要明白我的意思——学佛法最为要紧。如果佛法学得好，字也可以写得好的。不久，会泉法师要在妙释寺讲《维摩经》，诸位有空的时候，要去听讲，要注意研究。经典要多多地参考，才能懂得佛法。

我觉得最上乘的字或最上乘的艺术，在于从学佛法中得来。要从佛法中研究出来，才能达到最上乘的地步。所以，诸位若学佛法有一分的深入，那么字也会有一分的进步。能十分地去学佛法，写字也可以十分地取得进步。

今天所说得已经很够了。奉劝诸位：以后要勤求佛法，深研佛法。

歌　词

祖国歌

上下数千年，一脉延，文明莫与肩。

纵横数万里，膏腴地，独享天然利。

国是世界最古国，民是亚洲大国民。

乌乎大国民，乌乎，唯我大国民！

幸生珍世界，琳琅十倍增声价。

我将骑狮越昆仑，驾鹤飞渡太平洋，谁与我仗剑挥刀？

乌乎大国民，谁与我鼓吹庆升平！

大中华

万岁、万岁、万岁，赤县膏腴神明裔。

地大物博，相生相养，建国五千余岁。

振衣昆仑之巅，濯足扶桑之漪；

山川灵秀所钟，人物光荣永垂。

猗欤哉，伟欤哉，仁风翔九畿；

猗欤哉，伟欤哉，威灵振四夷！

万岁、万岁、万万岁！

我的国

（一）

东海东，波涛万丈红。朝日丽天，云霞齐捧，五洲惟我中央中。二十世纪谁称雄，请看赫赫神明种。我的国，我的国，我的国万岁，万岁万万岁。

（二）

昆仑峰，缥缈千寻耸。明月天心，乘星环拱，五洲惟找中央中。二十世纪谁称雄，请看赫赫神明种。我的国，我的国，我的国万岁，万岁万万岁。

忆儿时

春去秋来，岁月如流，游子伤漂泊。

回忆儿时，家居嬉戏，光景宛如昨。

茅屋三椽，老梅一树，树底迷藏捉。

高枝啼鸟，小川游鱼，曾把闲情托。

儿时欢乐，斯乐不可作，

儿时欢乐，斯乐不可作。

送 别

长亭外，古道边，

芳草碧连天。

晚风拂柳笛声残，

夕阳山外山。

天之涯、地之角，

知交半零落；

一瓢浊酒尽余欢，

今宵别梦寒。

长亭外，古道边，

芳草碧连天。

晚风拂柳笛声残，

夕阳山外山。

留　别（二部合唱）

满斟绿醑留君住，

莫匆匆归去！

三分春色二分愁，

更一分风雨。

花开花落都来几许，

且高歌休诉！

不知来岁牡丹时，

再相逢何处！

春郊赛跑

跑！跑！跑！

看是谁先到。

杨柳青青，

桃花带笑，

万物皆春，

男儿年少。

跑！跑！跑！

跑！跑！

锦标夺得了。

春游曲（三部合唱）

春风吹面薄于纱，

春人妆束淡于画。

游春人在画中行，

万花飞舞春人下。

梨花淡白菜花黄，

柳花委地芥花香。

莺啼陌上人归去，

花外疏钟送夕阳。

早　秋

十里明湖一叶舟，

城南烟月水西楼。

几许秋容娇欲流，

隔着垂杨柳。

远山明净眉尖瘦，

闲云飘忽罗纹绉。

天末凉风送早秋，

秋花点点头。

秋　夜

日落西山，一片罗云隐去。万种情怀，安排何处？却妆出嫦娥，玉宇琼楼缓步。天高气清，满庭风露。问耿耿银河，有谁引渡。四壁凉蛩，如来相语。尽遣了闲愁，聊共月华小住。如此良宵，人生难遇！

寒蝉吟罢，蓦然萤火飞流。夜凉如水，月挂帘钩。爱星河皎洁，今宵雨敛云收。虫吟侑酒，扫尽闲愁。听一枝长笛，有谁人倚楼。天涯万里，情思悠悠。好安排枕簟，独寻睡乡优游。金风飒飒，底事悲秋？

悲　秋

西风乍起黄叶飘，

日夕疏林杪。

花事匆匆，梦影迢迢，

零落凭谁吊。

镜里朱颜，愁边白发，

光阴暗催人老。

纵有千金，纵有千金，
千金难买年少。

冬

一帘月影黄昏后，
疏林掩映梅花瘦。
墙角嫣红点点肥，
山茶开几枝。
小阁明窗好伴侣，
水仙凌波淡无语。
领头不改青葱葱，
犹有后凋松。

莺

喜春来日暖风和，
园林花放新莺啼。
喜春来日暖风和，
园林花放新莺啼。
听花音清音百啭，
呖呖呖呖。
听花间清音百转，
呖呖呖呖。

呖，呖呖呖呖呖呖，

呖呖呖。

梦

哀游子茕茕其无依兮，在天之涯。惟长夜漫漫而独寐兮，时恍惚以魂驰。梦偃卧摇篮以啼笑兮，似婴儿时。母食我甘酪与粉饵兮，父衣我以彩衣。

哀游子怆怆而自怜兮，吊形影悲。惟长夜漫漫而独寐兮，时恍惚以魂驰。梦挥泪出门辞父母兮，叹生别离。父语我眠食宜珍重兮，母语我以早归。

月落乌啼，梦影依稀，往事知不知？泪半生哀乐之长逝兮，感亲之恩其永垂。

月

仰碧空明明，朗月悬太清。

瞰下界扰扰，尘欲迷中道！

惟愿灵光普万方，荡涤垢滓扬芬芳。

虚渺无极，圣洁神秘，灵光常仰望！

惟愿灵光普万方，荡涤垢滓扬芬芳。

虚渺无极，圣洁神秘，灵光常仰望！

仰碧空明明，朗月悬太清。

瞰下界暗暗，世路多愁叹！

惟愿灵光普万方，拔除痛苦散清凉。

虚渺无极，圣洁神秘，灵光常仰望！

惟愿灵光普万方，拔除痛苦散清凉。

虚渺无极，圣洁神秘，灵光常仰望！

落　花

纷，纷，纷，纷，纷，纷……

惟落花委地无言兮，化作泥尘；

寂，寂，寂，寂，寂，寂……

何春光长逝不归兮，永绝消息。

忆春风之日暄，芳菲菲以争妍。

既乘荣以发秀，倏节易而时迁，春残。

览落红之辞枝兮，伤花事其阑珊，已矣！

春秋其代序以递嬗兮，俯念迟暮。

荣枯不须臾，盛衰有常数！

人生之浮华若朝露兮，泉壤兴衰；

朱华易消歇，青春不再来。

采　莲（三部合唱）

采莲复采莲，

莲花莲叶何蹁跹！

露华如珠月如水，

过往不恋
将来不负

十五十六清光圆。

采莲复采莲，

莲花莲叶何蹁跹！

归　燕（四部合唱）

几日东风过寒食，

秋来花事已阑珊。

疏林寂寂双燕飞，

低徊软语语呢喃。

呢喃，呢喃，

雕梁春去梦如烟，

绿芜庭院罢歌弦。

乌衣门巷捐秋扇，

树杪斜阳淡欲眠。

天涯芳草离亭晚，

不如归去归故山。

故山隐约苍漫漫。

呢喃，呢喃，

不如归去归故山。

长　逝

看今朝树色青青，

奈明朝落叶凋零。

看今朝花开灼灼，

奈明朝落红漂泊。

惟春与秋其代序兮，

感岁月之不居。

老冉冉以将至，

伤青春其长逝。

清凉歌五首

（一）清凉

清凉月，月到天心光明殊皎洁。今唱清凉歌，心地光明一笑呵。清凉风，凉风解愠暑气已无踪。今唱清凉歌，热恼消除万物和。清凉水，清水一渠涤荡诸污秽。今唱清凉歌，身心无垢乐如何。清凉，清凉，无上究竟真常。

（二）山色

近观山色苍然青，其色如蓝。远观山色郁然翠，如蓝成靛。山色非变，山色如故，目力有长短，山近渐远，易青为翠。自远渐近，易翠为青。时常更换，是山缘会。幻想现前，非幻翠幻，而青亦幻。是幻，是幻，万法皆然。

（三）花香

庭中百合花开，昼有香，香淡如，入夜来，香乃烈。鼻观是一，何以昼夜浓淡有殊别。白昼众喧动，纷纷俗务萦。目视色，俗务萦。目视色，耳听声，鼻观之力，分于耳目丧其灵。心清闻妙香，用志不分，乃凝于神，古训好参详。

（四）世梦

却来观世间，犹如梦中事。人生自少而壮，自壮而老。俄入胞胎，俄出胞胎，又入又出无穷已。生不知来，死不知去，蒙蒙然，冥冥然，千生万劫不自知。非真梦软。枕上片时春梦中，行尽江南数千里。今贪名利，梯山航海，岂必枕上尔。庄生梦蝴蝶，孔子梦周公，梦时固是梦，醒时何作梦。旷大劫来，一时一刻皆梦中。破尽无明，大觉能仁，如是乃为梦醒汉，如是乃名无上尊。

（五）观心

世间学问义理浅，头绪多似易而反难。出世学问义理深，线索一虽难而似易，线索为何，现在一念心性应寻觅。试观心性，在内软，在外软，在中间软，过去软，现在软，或未来软，长短方圆软，青黄赤白软，觅心了不可得，便悟自性真常。是应直下信入，未可错下承当。试观心性，内外中间，过去现在未来，长短方圆，青黄赤白。

挽　歌

月落乌啼，

梦影依稀，

往事知不知？

泊半生哀乐之长逝兮，

感亲之恩其永垂。

化　身

化身恒河沙数，发大音声。

尔时千佛出世，瑞霭氤氲。

欢喜欢喜人天，梦醒兮不知年。

翻倒四大海水，众生皆仙。

人与自然界（三部合唱）

严冬风雪擢贞干，

逢春依旧郁苍苍。

吾人心志宜坚强，

历尽艰辛不磨灭，

惟天降福俾尔昌！

浮云掩星星无光，

云开光彩逾芒芒。

吾人心志宜坚强，

历尽艰辛不磨灭，

惟天降福俾尔昌！

爱

爱河万年终不涸，来无源头去无谷。

滔滔圣贤与英雄，天地毁时无终穷。

愿我爱国家，愿国家爱我。

愿国家爱我，灵魂不死者我。

婚姻祝辞

《诗》三百，《关雎》第一，伦理重婚姻。

夫妇制定家族成，进化首人群。

天演界，雌雄淘汰，权力要平分。

遮莫说男尊女卑，同是一般国民。

厦门市第一届运动会会歌

禾山苍苍，鹭水荡荡，国旗遍飘扬！

健儿身手，各显所长，大家图自强。

你看那，外来敌，多么猖狂！

请大家想想，请大家想想，切莫再仿徨。

请大家，在领袖领导之下，把国事担当。

到那时，饮黄龙，为民族争光；

到那时，饮黄龙，为民族争光！

悲智颂

己巳十月，重游思明，书奉闽南佛学院诸仁者

有悲无智，是曰凡夫。悲智具足，乃名菩萨。我观仁等，悲心深切。当更精进，勤求智慧。智慧之基，曰戒曰定。如是三学，次第应修。先持净戒，并习禅定。乃得真实，甚深智慧。依此智慧，方能利生。犹如莲华，不着于水。断诸分别，舍诸执着。如实观察，一切诸法。心意柔软，言音净妙。以无碍眼，等视众生。具修一切，难行苦行。是为成就，菩萨之道。我与仁等，多生同行。今得聚会，生大欢喜。不揆肤受，辄述所见。倘契幽怀，愿垂玄察。

大华严寺沙门慧幢撰。

第三辑　天心月圆

题丁慕琴绘《黛玉葬花图》二首

收拾残红意自勤，

携锄替筑百花坟。

玉钩斜畔隋家冢，

一样千秋冷夕曛。

飘零何事怨春归？

九十韶光花自飞。

寄语芳魂莫惆怅，

美人香草好相依。

题陈师曾画荷花小幅

一花一叶，孤芳致洁。昏波不染，成就慧业。

师曾画荷花，昔藏余家，癸丑之秋以贻欣泉先生同学。今再展玩，为缀小词。时余将入山坐禅，慧业云云，以美荷花，亦以是自劭也。丙辰寒露。

书　愤

文采风流四座倾，眼中竖子遂成名。

某山某水留奇迹，一草一花是爱根。

休矣著书俟赤鸟，悄然挥扇避青蝇。

众生何用肝宵哭，隐隐朝庭有笑声。

李叔同书"前尘影事"

西泠华严塔写经题偈

十大愿王，导归极乐。

华严一经，是为关阖。

大士写经，良工刻石；

起窣堵波，教法光辟。

深心随喜，功德难思。

回共众生，归命阿弥。

《淡斋画册》题偈

镜华水月，当体非真。

如是妙观，可谓智人。

竹园居士幼年书法题偈

竹园居士，善解般若，余谓书法亦然。今以幼年所作见示，叹为玄妙。即依是义，而说二偈。癸酉正月 无碍

文字之相，本不可得。

以分别心，云何测度。

若风画空，无有能所。

如是了知，乃为智者。

甲戌初夏大病说偈

甲戌初夏大病，有欲延医者，说偈谢之。

阿弥陀佛，无上医王；

舍此不求，是为痴狂。

一句弥陀，阿伽陀药；

舍此不服，是为大错。

《药师经析疑》回向偈

愿以此功德，消除宿现业，

增长诸福慧，圆成胜善根。

所有刀兵劫，及与饥馑等，

悉皆尽灭除，世界永升平；

风雨常调顺，人民悉康宁，

法界诸含识，同证无上道。

受赠红菊报偈

辛巳初冬，秋阴凝寒，贯师赠余红菊花一枝，为说此偈。

亭亭菊一枝，高标矗劲节。

云何色殷红？殉教应流血！

临灭遗偈

君子之交，其淡如水。

执象而求，咫尺千里。

问余何适？廓尔亡言。

华枝春满，天心月圆。

净峰种菊临别口占

乙亥四月，余居净峰，植菊盈畦。秋晚将归去，犹复含蕊未吐。口占一绝。聊以志别。

我到为植种，我行花未开，

岂无佳色在，留待后人来。

净峰寺，位于惠安县净峰镇，建于
唐咸通二年（公元 861 年）

李叔同别录

宜静默。宜从容。宜谨言。宜俭约。

安详是处事第一法。涵容是待人第一法。恬淡是养心第一法。

以和气迎人则乖沴灭。以正气接物则妖气消。以浩气临事则疑畏释。以静气养身则梦寐恬。

逆境顺境，看襟度。临喜临怒，看涵养。

自家有好处，要掩藏几分，这是涵育以养深。别人不好处，要掩藏几分，这是浑厚以养大。

以虚养心。以德养身。以仁养天下万物。以道养天下万世。

动于欲，欲速则昏。一任乎气，气偏则戾。

敬守此心则心定。敛抑其气则气平。

气忌盛。心忌满。才忌露。

意粗性躁，一事无成。心平气和，千祥骈集。

自处超然，处人蔼然。无事澄然，有事斩然。得意淡然，失意泰然。

聪明睿智，守之以愚。道德隆重，守之以重。

人生最不幸处，是偶一失言而祸不及，偶一失谋而事幸行，偶一恣行而获小利。后乃视为故常，而恬不为意。则莫大之患，由此生矣。学一分退让，讨一分便宜。增一分享用，减一分福泽。

不自重者取辱。不自畏者招祸。

事到快意处，须转。言到快意时，须住。

心不妄念，身不妄动，口不妄言，君子所以存诚。内不欺己，外不欺人，上不欺天，君子所以慎独。

以情恕人。以理律己。

缓字可以免悔。退字可以免祸。

大着肚皮容物。立定脚跟做人。

步步占先者，必有人以挤之。事事争胜者，必有人以挫之。

度量如海涵春育。持身如玉洁冰清。襟抱如光风霁月。气概如乔岳泰山。

以淡字交友。以齐字止谤。以刻字责己。以弱字御侮。

事不可做尽，言不可道尽。

处难处之事，愈宜宽。处难处之人，愈宜厚。处至急之事，愈宜缓。

必有容，德乃大。必有忍，事乃济。

强不知以为知，此乃大愚。本无事而生事，是谓薄福。

处事大忌急躁。急躁则先自处不暇，何暇治事。

论人当节取其长，曲谅其短。做事必先审其害，后计其利。

何以息谤，曰无辩。何以止怨，曰不争。

穷寇，不可追也。遁辞，不可攻也。

恩怕先益后损。威怕先松后紧。先益后损，则恩反为仇，前功尽弃。先松后紧则管束不下，反招怨怒。

善用威者不轻怒。善用恩者不妄施。

激之而不怒者，非有大量，必有深机。

处事须留余地，责善切戒尽言。

刘直斋云：存心养性，须要耐烦耐苦耐惊耐怕，方得纯熟。

尹和清云：莫大之祸，皆起于须臾之不能忍受。不可不谨。

刘念台云：涵养全得一缓字。凡言语动作皆是。应事接物，常觉得心中有从容闲暇时，才见涵养。

刘念台云：易喜易怒。轻言轻动。只是一种浮气用事。此病根最不小。

吕新吾云：心平气和四字，非有涵养者不能做。工夫只在个定火。

吕新吾云：论人须带三分浑厚。非直远祸，亦以留人掩盖之路，触人悔悟之机，养人体面之余。犹天地含蓄之气也。

凡劝人，不可遽指其过。必须先美其长。盖人喜则言易入，怒则言难入也。善化人者，心诚色温，气和词婉，容其所不及而谅其所不能，怒其所不知而体其所不欲，随事讲说，随时开导。彼乐接引之诚而喜于所好，感督责之宽而愧其不材，人非木石未有不长进者。我若嫉恶如仇，彼亦趋死若骛，虽欲自新而不可得，哀哉。

修己以清心为要。涉世以慎言为先。

恶莫大于纵己之欲。祸莫大于言人之非。

律己宜带秋气。处世宜带春风。

盛喜中，勿许人物。盛怒中，勿答人书。喜时之言，多失信。怒时之言，多失体。

静坐常思己过。闲谈莫论人非。

面谀之词，有识者未必悦心。背后之议，受憾者常若刻骨。

临事须替别人想。论人先将自己想。

毋以小嫌疏至戚。毋以新怨忘旧恩。

遇事只一味镇定从容，虽纷若乱丝，终当就绪。待人无半毫矫伪欺诈，纵狡如山鬼，亦自现诚。

以仁义存心。以忍让接物。

持身不可太皎洁，一切污辱垢秽要茹纳得。处世不可太分明，一切贤愚好丑要包容得。

精明，须藏在浑厚里作用。古人得祸，精明人十居其九。未有浑厚而得祸者。

德盛者，其心和平，见人皆可取，故口中所许可者多。德薄者，其心刻傲，见人皆可憎，故目中所鄙弃者众。

攻人之恶毋太严，要思其堪受。教人以善毋过高，当使其可从。

欲论人者先自论。欲知人者先自知。

凡为外所胜者，皆内不足。凡为邪所夺者，皆正不足。

群居守口。独坐防心。

知足常足，终身不辱。知止常止，终身不耻。

导友善不纳，则当止。宜体次言。

学以静为本。

二十年治一怒字，尚未消磨得尽，以是知克己最难。

凡取人，当舍其旧而图其新。自贤人以下，皆不能无过。或早年有过，中年能改。或中年有过，晚年能改。当不追其往。而图其新可也。若追究其往日之过，并弃之其后来之善，将使人无迁善之门，而世无可用之材也。以是处心，刻亦甚矣。

寡欲，省多少劳扰。

待人当宽而有节。

轻诺则寡信。

只可潜修默进，不可求人知。

凡事皆当推功让能与人，不可有一毫自得自能之意。

读正书，明正理，亲正人，明正心，行正事，斯无不正矣。

名节至大，不可妄交非类以坏名节。

既往之非不可追，将来之非不可作。此吾之自省也。

人生一日，或闻一善言，见一善行，行一善事，此日方不虚生。

耳中常闻逆耳之言，心中常有拂心之事，才是进德修业的砥石。若言言悦耳，事事快心，便把此身埋在鸩毒中矣。

人虽至愚，责人则明。虽有聪明，恕己则昏。常以责人之心责己，恕己之心恕人，不患不到圣贤地位。

先哲云：觉人之诈，不形于言。受人之侮，不动于色。此中有无穷意味，亦有无限受用。

陈榕门云：定火工夫，不外以理制欲。理胜，则气自平矣。

张梦复云：受得小气，则不至于受大气。吃得小亏，则不至于吃大亏。

张梦复云：凡事最不可想占便宜。便宜者，天下人之所共争也。我一人据之，则怨萃于我矣。我失便宜，则众怨消矣。故终身失便宜，乃终身得便宜也。此余数十年阅历有得之言。其遵守之，毋忍。余生平未尝多受小人之侮。只有一善策，能转湾早耳。忍与让，足以消无穷之灾海。古人有言，终身让路，不失尺寸。